東京－金沢 69年目の殺人

西村京太郎

角川文庫
23181

目次

第一章　終戦記念日の死

1

　その日は終戦記念日、八月十五日だった。東京の下町、江東区《こうとう》にある七階建てのマンションの一室で、一人の老人が、死んでいるのが発見された。

　老人の名前は小暮義男《こぐれよしお》といい、十年ほど前からそのマンションに住んでいたが、当時からずっと一人で、老人を訪ねてくる者は少なかったという。

　家主は六十歳の未亡人で、その前日の夜、小暮義男から、

「明日の午後は、どうしても、行かなくてはならないところがあるので、大変申し訳ないが、昼前には、部屋のベルを鳴らして起こしてくださいませんかね？　よろしくお願いします」

　と、いわれていた。

大家の青木康子《やすこ》は、その約束を覚えていて、昼少し前に、小暮義男の五〇一号室、五階の角部屋を訪れた。

しかし、何度ベルを鳴らしても、中から返事がなく、といって、カギがかかっている様子もなかったので、康子が、

「小暮さん、時間ですよ。まだお休みですか？　もうすぐ約束のお昼になりますよ」

と、声をかけながら中に入り、1LDKの部屋の中を、覗いてみた。

すると、ベッドの近くにワイシャツを着て、うつ伏せで倒れている小暮義男を、発見したのである。

ビックリして駆け寄ると、小暮義男は、既に、呼吸をしてないようだったので、青木康子は、慌てて一一〇番した。

十五分ほどして、地元の警察が駆けつけたが、死体の状況を見るなり、殺人事件と断定して、今度は警視庁捜査一課の刑事たちが、パトカーでやって来た。

今回、この殺人事件を、担当することになったのは、十津川警部と彼の部下、亀井刑事たちである。

十津川たちが調べた結果、二、三時間前に、何者かが素手で、被害者の首を絞めて殺したものと考えられた。

しかし、被害者に抵抗した様子はなく、部屋も荒らされてはいなかった。

「それにしても、何もありませんね。いかにも、一人暮らしの老人らしい、寂しい部屋ですよ」

亀井刑事が、部屋を見回しながら、十津川に、いった。こんな部屋を見ると、亀井の頭を横切るのは「孤独死」という言葉である。

部屋の隅にベッドが置かれ、そのほかにあるのは、中古のテレビと洋ダンス、せいぜい、金目のものといえば、そのくらいである。ほかには大きなものはほとんどない。何とも殺風景な部屋である。

「いや、仏壇は立派ですよ。この部屋の中では、いちばん目立っています」

と、北条早苗《ほうじようさなえ》刑事が、いった。

たしかに、かなり大きな仏壇が、部屋の隅に、置かれていた。小さな部屋に比べると、不釣合いといってもいいくらいの立派な仏壇だった。

その仏壇には、古びた、一枚の写真が飾ってあった。

それを、十津川は、手に取ってみた。文庫本くらいの大きさの白黒の写真である。

そこには、軍服姿の二人の若い男が写っていた。その二人の向こうに写っているのは、どうやら、戦争中に使われたプロペラ機で、軍用機らしい。

さらに観察を続けると、写っている二人の兵士の片方は、どうやら、殺されたこの部屋の主、小暮義男のように思えてきた。二十代に見える若い兵士だが、その風貌が、死体となってベッドのそばに横たわっている老人とよく似ているのである。

とすると、七十年も前の、若かりし日の小暮の、写真なのだろうか？

十津川は、遺体を司法解剖のために東大病院に送る手配をした後、家主の青木康子から話を聞くことにした。

「小暮さんは、いつ頃からこの部屋に住んでいたんですか？」

「たしか、十年前からです。五、六回、契約を、更改していますから」

「見たところ、小暮義男さんは、かなり年輩の方ですよね？　小暮さんの年齢を、ご存じですか？」

「ええ、今年で、九十三歳になるとお聞きしています。でも、体は、丈夫で、この歳になってもどこも悪いところはないといわれて、とてもお元気でしたよ」

「十年間ずっと、一人で、ここに住んでいるんですか？」

「ええ、そうです」

「家族とか友人が訪ねてくることは、ありませんでしたか？」

「いいえ、そういうことも、ほとんどありませんでしたね。お友だちや家族があまり訪ねてこない方でしたから」

と、康子が、いう。

「それで、小暮義男さんは、普段は、何をなさっていたんでしょうか？　年齢が年齢ですから、仕事はなさっていなかったんじゃないかと思うのですが」

「もちろん、今は、無職で、何もしていらっしゃらなかったようですよ。年金が出るので、それで、暮らしていると、おっしゃってたことがありましたし、毎朝、仕事に出かけていくということも、ありませんでしたから」

「賃貸契約書があれば、見せていただけませんか？」

十津川が、いうと、康子が、去年、更改した時の契約書を、持ってきて見せてくれた。

保証人の名前のところには、小暮俊介《しゅんすけ》とあり、この男の住所は、石川県の金沢市内になっていた。

だが、電話番号は、書かれていなかった。

「ここに書かれている保証人の、小暮俊介という人ですが、小暮義男さんの、息子さんですか？」

十津川が、きいた。

「さあ、どうなんでしょう？　私には分かりません。何しろ、十年間、小暮俊介という保証人の方が、訪ねてきたことはないと、思うのですよ。会った記憶がありませんから。いや、正確にいえば、一度だけ、小暮さんが、ここに引っ越してきた時、保証人の小暮俊介さんも一緒に来たことがありますよ。その時は、まだ主人が存命でしたので、主人が会ったと思いますね。私は、お会いしておりません」

「なるほど。それでは、保証人の方に、連絡を取ったことはありますか？」

「いいえ、それも、ありません。こちらから、この方に連絡を取ったことも、向こうから連絡があったことも一度もありませんね。部屋代のことで問題が起きたことはございませんので」

家主の青木康子がいうのである。

次に、十津川は、金沢警察署に連絡をとり、金沢市内の住所になっている小暮俊介の電話番号を、きいた。

家のほうの電話番号は、金沢警察署が調べて教えてくれたが、携帯電話の番号は分からないという。

十津川は、金沢市内の、電話番号にかけてみた。

十津川が、電話をかけると、呼び出し音が三回ほど鳴ってから、

「小暮でございますが」

と、女の声が、答えた。

「小暮義男さんという、今年九十三歳の男性ですが、ご存じですか？」

十津川が、きく。

「ええ、小暮義男は私の義理の父ですが、どうかしましたか？」

「小暮義男さんが今日、東京江東区のマンションで、亡くなりました。身元を確認したいので、どなたかすぐに、東京の江東警察署まで来ていただけませんか？」

と、頼んで、電話を切った。

問題は、仏壇に飾ってあった、写真である。

友人に日本の軍隊に詳しい男がいるので、その男に写真を見せると、

「この服装は、たしか、海軍の航空隊の中尉じゃないかね」

と、いい、続けて、

「この二人の向こうに写っているのは、海軍のゼロ戦だよ。有名な機体だから間違いないと思うよ」

と、教えてくれた。

そうなると今回殺されたのは、どうやら戦争中の、海軍中尉らしい。

しかし、なぜ、こんな古い写真を、仏壇に飾っておいたのだろうか？

夜、被害者、小暮義男の、息子夫婦が、江東警察署にやって来た。北陸新幹線が、開業すれば、金沢と東京は、二時間半で結ばれる。

夫婦は共に、五十代である。

十津川は、小暮俊介、美津子《みつこ》に、亀井と一緒に、話を聞いた。

「小暮義男さんは、十年前から江東区内のマンションに一人で暮らしていたようです

が、どうして、お父さんと一緒に、住まなかったんですか？」

と、十津川が、きいた。

「オヤジは、もう、かなりの高齢ですからね。一人暮らしは、心配でしたから、わざわざ東京に行くことはないじゃないかと、何度もいったんです。でも、オヤジは昔から、頑固な人ですから、一人のほうが気楽でいいといって、どうしても、私たちのいうことを、聞かなかったんです。それでずっと、東京で、一人暮らしでした」

と、小暮俊介が、いった。

「小暮義男さんは、今まで、どんな仕事をなさっていたんですか？」

「戦争中は、海軍の航空隊です。戦後は金沢が、郷里なので、金沢に戻ってきて、今のJR、かつての、国鉄の金沢駅で働いていましたが、定年になって退職をした後は、年金暮らしをしていました。しかし、どういうわけか、金沢から東京に、出ていってしまいました」

「気楽だから、というだけでですか？」

「それ以上の理由は、話してくれなかったので、私にも、分かりません」

「失礼ですが、あなたは今、どういうお仕事をなさっているんですか？」

と、亀井が横からきいた。

「オヤジと一緒で、現在、金沢駅で、助役をやっています」

と、小暮が、いった。

十津川は、例の仏壇に、飾ってあった写真を、息子の小暮に、見せて、

「この写真ですが、ご覧になったことはありますか？」

と、きいた。

小暮俊介は、写真を手に取って、見ていたが、

「ええ、見たことが、あります。たしか、十年前、オヤジが、東京のマンションを借りる時、私が保証人に、なったので、その部屋を見に行ったことがあるんですよ。その時に、新しい仏壇が、買ってあって、そこに、この写真が飾ってありました。今でもよく覚えています」

「亡くなった、小暮義男さんは、どうして、この写真を、仏壇に、飾っておいたんでしょうか？　理由《わけ》をお聞きになっていますか？」

「いえ、全く分かりません。戦争中、海軍の航空隊にいたことは知っていましたが、その頃の話を、オヤジから聞いたことがないんですよ。どうして、私に戦争中の話をしなかったのか、その理由も、全く、分かりません」

小暮がいう。

「小暮義男さんは、東京の、マンションにいた時、ずっと一人で、住んでいたようですが、小暮さんの奥さん、あなたから見ればお母さんですが、どうして一緒ではなか

ったんですか？　もしかすると、その頃、すでに、お亡くなりになったんですか？」

「ええ、オヤジが東京に出ていく少し前に、亡くなりました。オフクロはその時七十五歳でした」

「お母さんから、この写真について、話を聞いたことは、ありませんか？」

「一度だけ聞いたことがあります。オヤジはこの写真は、九州の基地で撮ったと、母にいったそうです。ただそれ以上のことは、話してくれなかったといっていました。オヤジは、戦争の話は、母にも話さなかったみたいです」

「小暮さんは、何者かに、マンションの部屋の中で、扼殺《やくさつ》されました。お父さんが、誰かに恨まれているというような話を、聞いたことはありませんか？」

亀井が、きく。

「いや、聞いていません。何回も申し上げますが、オヤジは、昔から頑固な人で、その上、口が重かったので、肝心なことは、ほとんど何も、しゃべってくれなかったんですよ。ですから、息子の私でさえも、オヤジのことは、ほとんど、何も知らないのです。ただ、金沢に住んでいたときは、毎年八月十五日になると、東京に行ってたんです。靖国神社に参拝していたようです」

と、小暮が、肩をすくめた。

一緒に来た妻の小暮美津子が、

「たしかに、お義父《とう》さんは、頑固で厳しい人でした。けれども、他人に、恨まれるようなことをする人では、なかったと思うのです。ですから、今度の事件は、空き巣にでも、入ってきた人間が、たまたま、お義父さんと、顔を合わせてしまって、それで、殺されたのではないでしょうか？　私には、そう思えて仕方がないのです。刑事さんに思い当たることはないかと聞かれても、私にも、お義父さんが誰かに、恨まれていたとは、とても、思えません」

と、いう。

「たしかに、空き巣に入った人間が見つかって、その家の人を、殺してしまうというのは、よくある話ですが、今回の場合は、違いますね」

と、十津川が、いった。

「どうしてですか？」

と、小暮俊介がきく。

「空き巣に入った犯人と、バッタリ顔を合わせて、それで、首を絞められたとすると、衣服の乱れや、家具が倒れるなど、抵抗した痕跡が、あるものです。しかし、小暮さんは、おとなしく殺されたように見えるのです。今回の事件は、単なる物盗りの、犯行ではなく、小暮さんは、犯人と顔見知りだった可能性が強いと、われわれは考えているのです」

と、十津川が、いった。

2

翌日には、江東警察署に、捜査本部が設置された。

捜査を続けていく中で、十津川は、仏壇に置かれていた古い写真に、あくまでもこだわった。

あの写真の舞台は、九州の特攻基地だという。そうなると、あの仏壇に置いてあった写真は、七十年以上も前に、九州の特攻基地で撮られたものだということになってくる。

小暮義男は、そんな古い写真を、どうして、仏壇に、飾っていたのだろうか？

それも、中古マンションの、ほかには何もない殺風景な部屋に、不釣り合いなほど大きくて立派な仏壇を置いて、その中に飾ってあったのである。1LDKに置かれた調度品の中で、仏壇だけがやたらに立派で、十年前に買った物である。

だとすれば、飾られていた写真は、今回の事件に関係しているのではないのかと、十津川は、考える。

十津川はもう一度、太平洋戦争に詳しい友人、中央新聞の、社会部で働く田島に、写真のことを、聞いてみることにした。

「この写真について昨日は、君にいろいろと教えてもらって、大変に参考になったよ。その時後ろに写っているのはゼロ戦で、服装から見て、海軍航空隊の中尉だと、君はいったね？」

「ああ、その通りだ」

「それ以外に、この写真から、分かることはないかな？」

と、十津川が、きいた。

「そうだな」

と、田島は、しばらく、写真を見つめていたが、

「兵士の後ろに写っているゼロ戦だが、これは、間違いなく六二型だ。従って太平洋戦争でも、かなり末期の写真だと考えて間違いないと思う」

「そう考える根拠を教えてくれ」

「ゼロ戦という戦闘機は、最初、一一型が作られてから少しずつ改良されていって、写真に写っている六二型のゼロ戦は、終戦前年の、昭和十九年に生産されたんだ。だから、この写真は、戦争末期に、撮られたものだと思ったんだ」

「この写真が撮られた飛行場だが、九州の特攻基地だという人がいるんだが、君はどう思う？」

「たしかに、南九州の飛行場かもしれない」

と、いった。

「どうして？」

「二人の服装は、夏服だ。とすれば昭和二十年の夏と考えられる。その頃は、多くの特攻機が、沖縄に向かって、飛び立っていったんだ。南九州の特攻基地からね。それに、この写真だが、素人が撮ったものではなくて、新聞社の、カメラマンが撮った可能性が強い」

「どうして、そんなことまで分かるんだ？」

「当時、素人が撮った写真は、ほとんど新聞などに使われなかった。特攻隊を撮ったものと思われるこれは新聞に載せるために、プロのカメラマンが、撮ったものだよ。戦争末期は、全て、戦意高揚に役立つような写真ばかりを新聞に載せていたから、どうしても、こんな無理に笑ったような写真になってしまったんだよ。もちろん、この写真が、その中の一枚だと、断定はできないがね」

田島は、いった。

そこで、十津川は、田島の言葉を確認したくて、国会図書館に行き、戦争中の新聞に載った写真を、全部見てみることにした。

十津川は西本と日下《くさか》の二人を連れて、国会図書館に行き、戦争中の新聞を見せてもらった。

戦争末期になると、用紙の不足からか、たった一枚だけの、新聞が発行され、夕刊もなくなっていた。

ゼロ戦六二型が作られた年代が分かっていたこともあって、三人で手分けして調べると、探していた記事は、意外に簡単に見つかった。

同じ写真が、戦争末期のB新聞に、載っていたのだ。


〈今日も若き神鷲が行く。勝利は、われにあり〉


という勇ましい見出しがついている。

そこには、仏壇にあった写真と全く同じものが、載っていた。

次に、十津川はひとりで、その記事が載っていたB新聞社を、訪ねた。

応対してくれた記者に、問題の写真を見せて、十津川は、写真が、いつ頃、どこの飛行場で撮られた写真なのか。そして、小暮義男と一緒に、写っている若い飛行士の名前を知りたいといった。

問題の新聞は、昭和二十年五月十一日の、朝刊だった。

写真が写されたのは、前日の五月十日、南九州の海軍航空基地とわかった。二人一緒に写っているのは小暮義男、二十三歳、海軍中尉、若いほうは、篠原《しのはら》恵一、兵曹長、二十歳と簡単に判明した。

さらに、B新聞で調べてもらうと、いろいろと詳しいことが分かってきた。

この時、病死した司令に代った少佐が、翌日の特攻に出撃する人間を、選定していたが、小暮中尉は、その補佐をするように、命令されていた。

とすれば、この写真は、小暮たちが、自分の部下の中から、篠原という特攻隊員を選んだ後の写真、という可能性がある。

この後、篠原兵曹長を含めた、三機が特攻で出撃し、小暮中尉は、直掩機《ちょくえんき》として篠原たちを援護し、戦果を確認してから帰ってくる役目を与えられていた。

このあと、十津川がやったことは、特攻に関する本に、出来るだけ目を通すことだった。

南九州の特攻基地のことを書いた本は、何十冊も出ている。

調べていくと、その中に、問題の航空基地のことを書いたものもあった。小暮義男中尉という名前が、出てくる箇所もあった。

同じB新聞の記者が、その基地に泊り込んでの「基地日記」である。

〈この基地で、マニラの海軍基地から、着任間もない小暮義男中尉は、部下の操縦士たちから、兄のように慕われていた。航空隊司令が病死してから、小暮中尉は毎日、次の日の特攻隊員を決める役目を、補佐とはいえ、背負わされていた。

それでも、小暮中尉は、

『待っていてくれ。私もすぐ、君たちの後に続く』

というのが、口ぐせだった。

小暮中尉という人は、温厚な性格だったが、一回だけ、激怒して上官を殴ってしまったことがあるといわれている。

レイテ決戦の時、マニラの基地からも何機かの特攻機が、レイテ湾に、停泊していたアメリカ機動部隊の艦船に向かって出撃していった。

その時、小暮中尉は、特攻機の直掩機を操縦していた。敵戦闘機の攻撃から、特攻機を守り、戦果を見届ける、役目である。

基地に帰ってから、部下の兵曹長がレイテ湾に停泊している巡洋艦に、体当たりをして、これを撃沈したと、小暮中尉が飛行長に報告したところ、

『一万トンある頑丈な、アメリカの巡洋艦が、たった一機の零戦が突っ込んだくらいで簡単に、沈むはずがない。もっと正直に、報告しろ』

と、飛行長が、眉を寄せたのである。

日頃、温厚な小暮中尉も、カッとして、

『若い操縦士が、自らの命をかけて、突っ込んだというのに、その戦果を、ウソだというのか』

と、怒って、いきなり、飛行長を殴りつけてしまったというのである〉

本には、そうあった。

「それで、この事件は、不問に付されたんですか？」

十津川が、まだ存命の記者に、電話をかけて聞くと、

「ベテランの飛行長は、正確を期したいと思って、そんな言葉を口にしたのでしょうが、特攻で死んでいった若いパイロットに対して、あまりにも、冷たい態度であり言葉だということで、その飛行長は人気がなくなり、しばらくすると、別の基地に回されたと聞きました」

と、教えてくれた。

捜査会議で、このことを、十津川が話すと、三上本部長が、こんな、質問をしてきた。

「君の話では、殺された、小暮義男という元海軍中尉だが、終戦近くには、南九州の海軍基地にいて、次の日の特攻隊員を指名する辛い役目を任されていた。任命した特攻隊員に対して、後からすぐに、自分も続くと約束していたんだろう？」

「そうです」

「しかし、戦争が終わった後も、生きていたということを考えると、その約束を、破ったことになるだろう？　君の話を聞いていると、小暮義男元海軍中尉は、部下から、慕われていたといっていたが、結果的に、その部下を、裏切ったことになるわけだから、優しい気持ちの持ち主だとは、いえないんじゃないか？　結局、自分の命が、惜しいから、戦争が終わった時にも、死なななかったわけだろう？」

「本部長のおっしゃることも分かりますが、彼のことを、調べていくと、どう考えても、命が惜しくて、部下との約束を、破るような、そんな人間とは思えないのです。ですから、戦後、彼が死ななかったのは、何か、理由があるはずだと、私は考えています」

と、十津川が、いった。

「どんな理由だね？」

「今は、まだ、分かりません。とにかくその点を、徹底的に、調べてみたいと思っているのです」

「しかし、小暮義男は、今もいったように、部下との約束を破った。後からすぐに、続くといいながら、戦後を生き続けた。これは、間違いのない事実だ。だから、特攻で死んだパイロットの家族か、あるいは、友人が、小暮義男に対して制裁を加えたとは、考えられないのかね？」

三上が同じことを繰り返す。頑固なのだ。

「その可能性も、ないとはいえないと思っています。小暮義男は先日、九十三歳で殺されました。戦争が終わった時、彼は二十三歳ですから、戦後を生きた時間のほうがはるかに、長いのです。戦争が終わった後、小暮義男が、いったいどこで、どんな人生を送ってきたのか、それを調べたいと思っています。そうすれば、誰が小暮義男を殺したのか、その理由も自然と分かってくると期待しているのです」

と、十津川が、いった。

3

捜査会議の翌日、十津川は、亀井と金沢に向かった。

金沢駅は、まもなく、北陸新幹線が通るというので、駅舎が、大改造の最中だった。戦争が終わった時、小暮義男は、二十三歳で、当時の国鉄に、就職している。現在、小暮の息子、小暮俊介も金沢駅の助役である。

十津川は、助役の小暮俊介に、駅の助役室で会い、死んだ父親の話を聞くことにした。

北陸新幹線の線路は、すでに金沢駅までつながっていた。

「駅の改造、大変ですね」

十津川が、いうと、小暮俊介は、笑いながら、

「これで、北陸新幹線が通れば、北陸地方は、さらに、開発されて、大きく発展することになりますよ」

「あなたは今、金沢駅の助役ですが、亡くなったお父さんの小暮義男さんも、助役で、退職されたんですか？」

十津川が、きくと、小暮俊介は、神妙な顔になって、

「いや、残念ながら、父は、助役にはなれませんでした」

「どうしてですか？」

「実は、助役になろうという寸前にオヤジは、問題を、起こしてしまいましてね。それで、結局、課長のままで、定年退職ということになりました」

と、俊介が、いった。

「お父さんは、いったい、どんな問題を起こしたんですか？」

「当時から、北陸新幹線の開通に備えて、金沢駅の構造や車両の設計が始まったのですが、利権が動いたといわれています。その時はオヤジは金沢駅に勤務していて、営業課長を、やっていました。そのオヤジのところに、ある建設会社の部長という人間

が、いわゆる、裏取引の話を、持ってきたのです。ところが、頑固一徹なオヤジは、いきなり、その会社の部長を、殴りつけてしまいましてね。一週間のケガを負わせて、傷害容疑で警察に逮捕されてしまったのです。そんなことがあったので、とうとう、助役にはなれずに退職してしまいました」

小暮俊介の話に、亀井が、思わず苦笑した。

「亡くなった、お父さんというのは、正義感溢れる人だったんですね。戦争中にも、上官を殴ったという話を、聞いているんですが、戦後も同じように、相手を殴ってしまったんですね？」

「そうなんですよ」

と、小暮俊介も、笑って、

「ひょっとすると、オヤジの、そんな性格が、今回の殺人事件の原因になっているのかもしれませんね」

と、いった。

「小暮さんには、まだ、何か、思い当たることがあるんですか？」

と、十津川が、きいた。

「私がまだ子供の頃の話ですが、八月だったと思うのですが、オヤジのところに、どこかの出版社の、編集者が訪ねてきて『こちらが調べたところでは、戦時中、あなたは、部下に特攻を命じて、その時には、俺もすぐに、後に続くから待っていてくれと約束しておきながら、戦後になってもその約束を、守っていないじゃないですか？　どうしてなのか、その理由を聞かせてもらえませんか？』といったそうなんです。カッとなったオヤジは、いきなり、その編集者を、殴ってしまいましてね。たしか、あの時も、編集者がケガをして、訴えるとか慰謝料を払えとか、いろいろと、モメたそうですよ」

「なるほど……。話は変わりますが、あなたのお母さんが亡くなったのは、たしか、十年くらい前だと、お聞きしたのですが」

「正確にいえば、十二年前です」

と、俊介が、いった。

「その後、お父さんに、再婚の話は、出なかったんですか？」

と、十津川が、きいた。

「再婚といったって、オフクロが亡くなった時、オヤジは、もうすでに、八十歳になっていましたからね。普通、八十歳を過ぎたら再婚の話なんてものは、出ないんじゃありませんか？」

「もし、八十歳のお父さんが、その時に、再婚したいといったらどうしましたか？　賛成しましたか？」

と、亀井が、きいた。

「さあ、どうでしょうね。もちろん、再婚したほうが、オヤジのためには安心ですが、現実にオヤジは、再婚していませんから、そういう相手は、いなかったのではありませんかね」

と、十津川が、きいた。

「この金沢駅で、お父さんのことを詳しく知っている人はいませんか？」

と、十津川が、きいた。

「そうですね、金沢駅の生き字引といわれている人がいますよ。その人なら、オヤジのことを、何か知っているかもしれません。まもなく定年で、辞めることになっていますが、その人を、ご紹介します」

小暮俊介が紹介してくれたのは、酒井智幸《ともゆき》という助役だった。もうすぐ定年退職だというが、年齢のわりには、血色がよく元気のいい男だった。

十津川と亀井は、酒井を、駅構内のカフェに連れていき、そこで、話を聞くことにした。コーヒーを飲みながら、

「酒井さんは、金沢駅の、生き字引といわれているそうですね？」

と、十津川が、いうと、酒井は、笑いながら、手を横に振った。

「いや、生き字引だなんてとんでもない。私は単なるウワサ好きなだけですよ」

「酒井さんは、小暮義男という、以前、金沢駅の営業課長をしていた人間についてご

存じですか？」

十津川が、きいた。

「ええ、知っています。小暮助役の、お父さんですよね？」

「そうです。ご存じでしょうが、先日、その小暮義男さんが、東京で、殺されたんです。われわれは、その犯人を、捜しているのですが、どんなことでも結構ですから、小暮義男さんについて、何か知っていることがあれば、話していただけませんか？」

「どんなことでも、といわれても、漠然としすぎていて、何を、お話ししたらいいのか迷いますが」

「本当に、どんな、些細なことでもいいのです。あなたの知っていること、聞いたことを話していただきたいのです」

亀井が、横から、つけ加えた。

「小暮義男さんは、私より、だいぶ先輩ですから、親しく、話したことはないのですが、ウワサでは、金沢駅を、定年で辞めるまで、女性にはかなり、モテたようですよ。そんなウワサを聞いています」

と、酒井助役が、いった。

「女性にモテたんですか？」

「そういうウワサです」

「どうして、小暮さんは、女性にモテたんでしょうか？」

「多分、多少乱暴なところがあっても、さっぱりとしているからじゃありませんかね？　正義感が強くて、あまりしゃべらない。そんな昔風な男らしいところを、好きな女性もいますからね」

と、酒井が、いった。

「小暮さんの周りには、どんな女性がいたんでしょうか？　本当に、小暮さんのことが、好きだった女性の名前が、分かれば助かるんですが」

と、十津川が、いった。

「金沢駅のOBたちが、現役の時からよく集まっているクラブがあるんですよ。クラブというよりも居酒屋なんですけどね。その店が、金沢駅の近くにあるんです。平仮名で『かなざわ』という名前です。その店に行けば、何か聞けるかも知れませんよ」

と、酒井が、教えてくれた。

4

その日、夜になるのを待って、十津川と亀井は、金沢駅の、近くにある「かなざわ」という居酒屋を、訪ねてみた。

その店のママさんというのは、三十代後半の女性だった。これでは、九十三歳で亡くなった小暮義男とは、いくら何でも、釣り合わない。

（違うのかな？）

と、思いながら、十津川は、酒を飲んでいて、客が途絶えた時に、ママさんに向かって、

「ママさんは、小暮義男さんのことを、知っていますか？」

と、声をかけた。

「ええ、先日、亡くなったとか。それも殺人だなんて。とても驚きました。でも、本当に、よく知っているのは、私の母なんです。今日は風邪をひいて、家で寝ていますけど」

「その小暮さんの写真か何かは、ありますか？」

「はい、店に置いてあるアルバムの中に、あります」

ママは、店の奥から、小さなアルバムを、持ってきてくれた。

そこには、昔の常連客と思われる人たちの写真が貼ってあり、その中には、小暮義男の写真もあった。小暮義男たちと一緒に写っているのは、ママさんの母親らしい。顔が、よく似ている。

「ここに、小暮義男さんが、あなたのお母さんと一緒に、写っている写真がありますす

が、これは、いつ頃の、写真でしょうか？」

と、十津川は、比較的、新しそうな写真を指でさして、きいた。

「その写真は、たしか、七、八年前に写したものだと思います。たまたま、その時、小暮さんが、引っ越した東京から、こちらにやって来て、夜、飲みにみえたんですよ。その時に撮った写真だと思います」

と、ママが、いった。

「お母さんの名前を、教えていただけませんか？」

「そこに、書いてありますけど、牧原良子《りょうこ》です。私は牧原愛子。何か調べていらっしゃるんですか？」

「実は、私は警視庁の人間で、小暮義男さんの事件を、調べているのです。ご存じのように、東京で、殺されているんですが、家族が、金沢にいて、亡くなった小暮義男さんも、金沢駅に勤めていたと聞いたので、こちらに来てみたのです」

と、十津川は、いった。

「この写真を、見る限りでは、あなたのお母さんと小暮義男さんとは、仲が、良かったみたいですね？」

亀井が、きくと、ママは、ニッコリして、

「変ないい方ですけど、母は、小暮義男さんのファンだったんです」

「ファンですか？」

「ええ、母にいわせると、小暮義男さんは金沢駅に勤務していた時も、辞めてからも、とにかく格好よかったんですって。母だけではなく、ほかにも、たくさんファンがいたみたいですよ」

「なるほど。そんなに、格好がよかったんですか」

と、十津川も、つぶやいた。

しかし、そんなことが、はたして、殺人の動機になるのだろうか？

十津川は次の日も、金沢に留まって、亀井と二人、もう一度、金沢駅の生き字引である、酒井助役に会った。

「昨日、お話をお聞きした、小暮義男さんのことですが、駅員だった時も、OBになってからも格好が、よかったと『かなざわ』の女将《おかみ》が、いってたそうですが、あなたから見ても、小暮義男さんは、格好よかったですか？」

十津川が、きくと、酒井は、笑顔になって、

「そうですか。女将さんは、そんなことをいっていたのですか。たしかに、小暮さんは、あの歳にしては、背が高くてスマートだったから、女性の目から見れば、格好よく映ったのでしょうね。そのせいか、三十代で小暮さんが、まだ独身だった頃、金沢駅で、乗降していた女性客から、ファンレターを、もらったことがあると、本当かど

うか分かりませんけど、そんなウワサも、聞いたことがありますよ。だから、やっぱり、格好がよかったんですよ」

十津川は、仏壇に飾ってあったあの写真を取り出して、もう一度、見てみた。たしかに、二十三歳の若い海軍中尉の小暮義男は、格好よく見える。

「どうも分からないな」

十津川は、酒井と別れてから、首を傾げていた。

「何が、分からないんですか？」

亀井が、きく。

「この写真を見ると、いかにも、若い戦闘機乗りという感じがする。戦後の彼について聞いても、正義感が、強くて、相手を殴ってしまったという話も聞いたし、先代の居酒屋の女将さんが、小暮に、ホレていたらしいことも、聞いた」

「格好いいじゃ、ありませんか。それがまずいんですか？」

「この写真に写っていた頃、小暮義男は、自分が指名して、特攻で、死んでいく部下に対して、俺も後からついていくよと、いっていたという。この小暮義男という男の人柄から見て、その言葉に、ウソはなかったと思うんだ。

それなのに、戦争が終わった後も、彼は死なずに、九十三歳まで生きている。特攻を命じた人間が、戦争が終わった後、すぐに、自刃したという話があるが、同時に、約束を破って、生き続けたという話も聞いている。小暮は後者だから、カッコよくないんだ。そこが、分からない」

何回も、十津川は、いった。

「いざとなったら、死ぬことが、怖くなったんですよ。それも人間らしくていいんじゃありませんか」

と、亀井。

「小暮という男は、私には、どうしても、そんなふうには、見えないんだけどね」

と、十津川は、繰り返した。

「しかし、可愛い部下に向かって特攻を命じ、俺もすぐに後から行く。そう約束していたのに、戦争が終わってから自刃しなかったわけでしょう？　これは明らかに、死ぬのが怖かったんですよ。ほかに考えようがありませんが」

亀井刑事は、眉を寄せて、十津川を見た。

第二章　決戦の思想

1

十津川は何とかして、殺された九十三歳の小暮義男という被害者が、いったい、どんな男だったのか、どんな生き方をしていたのかを知りたいと思った。

特に、十津川が、知りたかったのは、戦争中と戦後の小暮の考えである。もし、その違いが、はっきりしていれば、彼を殺した犯人の目星もつくのではないかと、期待していた。

戦時中、小暮が、海軍中尉として軍務に就き、九州の特攻基地で終戦を迎えたことは、すでに、分かっている。

そこで、彼は、司令が病死した後、補佐とはいえ、特攻隊員を選ぶという重い役目を与えられていた。そして、出撃して行く若い特攻隊員を見送る時、小暮が「俺も後から続く」といっておきながら、その約束を果たさず、戦後も、死ぬこともなく、国鉄で定年まで働いて、生き続け、そのことを、出版社の編集者に批判されたこともわかっていた。

しかし、細かい生活や戦争とのかかわり方などを調べるのは、意外に難しかった。小暮自身が、すでに殺されてしまっていたし、彼のことを知っている友人や知人たちも、そのほとんどが、すでに、この世には、いないからである。だから、彼に関する情報がほとんどといっていいほど集まってこないのである。

それでも、十津川と部下の刑事たちが必死になって、小暮義男について調べているうちに、あらたに、分かったことがあった。

それは戦争末期の昭和二十年春頃、小暮中尉が、パイロットとしての優秀な技量を見込まれて、マニラの海軍特攻基地から、三四三航空隊に呼ばれていたことである。

2

大東亜戦争の初期には、海軍のゼロ戦がほとんど、無敵の活躍を続けたことは、今でも多くの本や資料で、さまざまなエピソードとともに、華々しく紹介されている。

しかし、戦争も末期になってくると、アメリカ軍が繰り出してきたグラマンF６F艦上戦闘機や、ノースアメリカンP51戦闘機、あるいは、リパブリックP47戦闘機など、重装備で高速の、防御にも優れた新鋭機に、ゼロ戦は勝てなくなっていった。軽戦闘機の時代から重戦闘機の時代に入ったのである。

そこで、アメリカの優秀な戦闘機に、対抗するため、急遽《きゆうきよ》、日本海軍が神戸の川西航空機に命じて、作らせたのが、紫電改である。

紫電改は、ゼロ戦の千馬力級エンジンに対して、その二倍の二千馬力級の強力なエンジンを積み、二〇ミリ機銃四門を備えるとともに防御にも優れた重戦闘機である。

紫電改の機数が次第に整ってくると、その紫電改だけの部隊として、源田《げんだ》サーカスで有名な源田実《みのる》大佐が司令となり、日本内外の基地から優秀なパイロットを集めて、愛媛県の松山基地に三四三航空隊、通称、三四三空を作り上げた。

集められた優秀なパイロットは、四十八人が一つの隊を作り、それが三つの隊として、それぞれに、新選組とか、維新隊とかいった名前をつけられた。

海軍が三四三空に命令したのは、日本本土を、アメリカ機の空襲から守れということだった。特に、日本近海のアメリカ機動部隊の空母から発進してくる艦載機のグラマンF6Fを邀撃《ようげき》するのが、三四三空の大きな目的になった。

小暮義男が、マニラの特攻基地から松山基地の三四三航空隊に、呼ばれていったのは、三月五日になっている。

昭和二十年三月十九日に、初めて三四三空は、太平洋上の空母から発進したグラマンF6Fの編隊を迎え撃って、大きな戦果を挙げた。

その時、小暮が、出撃したことは、わかったが、その時にどれほどの活躍をしたのかは分かっていない。一人の戦果が賞讃される時代ではなくなっていたということだろう。アメリカ側は、突然現れた日本の新鋭戦闘機、紫電改と三四三空をマークするようになったが、三四三空のほうでは、グラマンF6Fだけと戦っていればいいというわけではなかった。

やがて、B29の編隊が九州に飛来して工業地帯を爆撃するようになると、B29の邀撃も命令された。

超空の要塞と呼ばれたB29は、なかなか落ちなかった。

紫電改とB29との戦いは、まさに壮絶なものだったという。ある時、紫電改の一機がB29の一機に、体当たりを敢行した。B29は片翼がもげて墜落していき、体当たりした紫電改からは、墜落寸前、搭乗員がパラシュートで脱出した。

この瞬間の写真は、当時の新聞各紙に載ったが、この時、B29に体当たりした搭乗員の名前は、どこにも、書かれていなかった。

この搭乗員こそ、小暮中尉だという声も残っているが、実際のところ、誰なのかは分かっていなかった。

小暮中尉は戦後、自分が所属していた三四三空について、マスコミにも友人にも、ほとんど、何も話していなかった。多分、多くの仲間が死んだからだろう。

その後、B29の大編隊によって、神戸の川西航空機の工場が爆撃され、紫電改の製造もむずかしくなり、補充もつかず、搭乗する紫電改を失った隊員たちは、それぞれの前の部隊に帰っていった。

小暮中尉は、九州の特攻基地に着任したことが、分かっていた。

その時、小暮中尉は、戦闘機搭乗員の訓練を要請されたが、それを断って特攻基地を希望したといわれている。

亀井が、十津川に、

「この三四三空については、こんなDVDが出ていましたよ」

と、いって、DVDを、持ってきた。

三四三空の、栄光の時と悲運の時とを描いたDVDだった。

その栄光の時、日本各地から集められた優秀なパイロットたちが、全員揃って写っている写真があった。その部分を十津川は、テレビ画面に映し、そこに写っているパイロットたちの顔を見ていった。

たしかに、腕を組んで、写っている三四三空の男たちの中に間違いなく小暮義男中尉の顔があった。

小暮義男中尉は、三四三空の「新選組」に所属している。

「やはり、小暮が一時、三四三空にいたことは間違いありませんね」

と、亀井が、いう。

「そうだが、三四三空から九州の特攻基地に、着任している。この時には、すでに、アメリカ軍は、沖縄に上陸している」

「それで、九州の特攻基地から、特攻が行われていたんですね」

と、亀井が、いう。

「そこで、小暮は、特攻隊員を選ぶ仕事を、していたんだ」

と、十津川は、いった。

3

十津川は、特攻に関係していなかった頃の、小暮中尉のことも知りたかった。

昭和十九年十月、アメリカ軍はフィリピンのレイテ島に上陸した。いわゆるレイテ決戦が始まった時である。この時に、海軍が初めて神風特別攻撃隊を、組織して、特攻攻撃が行われた。

この後、陸軍も、特攻隊を組織するのだが、それ以前、アメリカ軍が、フィリピンにまだ、上陸して来なかった頃、特攻は行われていない。

その頃、小暮中尉は、フィリピンのマニラ近郊の、航空基地にいたといわれている。

その時、小暮中尉は、どんなことを考えていたのだろうか？

十津川は、それが知りたかったのである。

昭和十八年頃から、レイテ決戦が開始される頃までの記録や資料を、十津川は丹念に調べていった。少しずつではあったが、当時の、フィリピンの情勢について、知ることができた。

昭和十八年、第十四軍司令官としてマニラにいた、佐川中将が、突然病死したため、急遽、後任の司令官を、選んで赴任させることになった。

大本営はいろいろと人選に悩んだ末、当時、陸軍士官学校の校長をやっていた陸軍中将、久我誠《くがまこと》を、急遽、マニラに、赴任させることになった。

ただ、東京からマニラまで、当時の陸軍機では脚が短いので、仕方なく海軍の一式陸上攻撃機に久我中将を搭乗させ、マニラまで送ることになった。

その時、一式陸攻に同乗したのが、ほかならぬ小暮中尉だったのだ。この時のことが、縁になって、その後に、陸軍中将の久我と、海軍中尉の小暮とが親しくなった。

それが、分かったのは、戦後の小暮が、受け取った手紙の中に、久我誠の名前のものが、何通かあったからである。

十津川たちは、久我誠の家族にも会って、戦後、久我が、受け取っていた小暮からの手紙の方を見せてもらうことができた。

久我中将が第十四軍の、司令官としてマニラに着任した昭和十八年の春頃は、もちろんまだ、フィリピンにアメリカ軍は、上陸していなかったし、マニラでは、社交会が開かれたりして、呑気な一面も、あったといわれる。

ただ、やがて、アメリカ軍が、フィリピンに上陸してくるだろうという話は、すでに出ていた。昭和十七年に、日本軍によって、フィリピンを追われたマッカーサーが、「アイ・シャル・リターン」の言葉を唱えていたからである。

したがって、昭和十八年の春に、マニラに赴任した久我中将には、来るべきアメリカ軍との戦いに備えて、今のうちに、フィリピンの防備を整えておくという任務が、与えられていた。

ところが戦後、小暮と久我の間に交わされた手紙に眼を通すと、久我はそうした任務を全く忘れてしまっているように見えるのである。

例えば、小暮から久我への手紙は、こんな風に書かれているのだ。

〈前略

いかがお過ごしですか？

すでに、戦後ではないという言葉が、新聞紙面に出るようになってから、改めて私は、久我さんが、当時、考えておられたことの、正しさを実感しております。

初めて久我さんとお会いしたのは、一式陸攻で、マニラまで同乗したときでした。その後、親しく付き合っていただいても、正直なところ、いったい、この久我誠という司令官は、何を考えているのかと、疑問に思ったことも、一度や二度ではありませんでした。

来るべき、アメリカ軍との決戦に備えて、フィリピンの防備を強固にすべき任務が、与えられているにもかかわらず、久我さんは、ほとんど、そのことを忘れておられるような行動を取られるので、正直なところ、私は最初のうち、批判的な目で、あなたを、見ていたのです。正直にいって、当時のあなたの評判は最低でした。

連日、ゴルフ三昧だとか、彼女を日本から呼び寄せてマニラ市内のホテルに囲っているとか、マイナスの噂ばかり聞こえていました。

しかし、そのうちに、あなたが本心で何を考えておられるのかが、少しずつですが私にも分かってきたのです。

あなたの、いわば突飛に見える行動は、大本営からは、もちろん、批判的な目で冷やかに見られていたに違いないのですが、実は、久我さんらしい確かな目で、今後の戦争の推移や戦争が終わった後の日本のことなどを、深く考えていらっしゃったことが、次第に、分かってきたのです。

私自身は、海軍中尉で、○○飛行隊の小隊長にしかすぎません。レイテ決戦が始まってからは、海軍も陸軍も、特攻攻撃で何とか、不利な戦局を挽回しようとしていたのですが、あなたが、見通されていた通り、日本にとってこの戦局は、どうにもならないものになっていたわけです。

もちろん、いくら、特攻を繰り返しても、ここまで、悪化した戦局を挽回することは、到底できないことは、特攻を考えられた、海軍や陸軍の軍令部、参謀本部にもはっきり分かっていたに違いないのですが、そのことを表明したり、特攻を止めることが、恐ろしかったに違いないと、私は、今になれば思うようになっています。本音をいうことが恐かったのです。だから、ずるずると敗戦に向って落ちていった。

もし、あなたのような、きちんとした考えを、持っている方が、陸軍の参謀本部か、海軍の軍令部にいたら、少なくとも一年か二年早く、戦争が終わって、その分、犠牲者も、少なくて済んだことでしょう。

そのことを、考えると、私は、目の前で何人もの若い青年たちを、むざむざと、死なせてしまったことが、今でも、悔やまれてなりません〉

この手紙にもあるように、戦中戦後にかけて、小暮義男は久我中将という人間をこれほどまでに賞讃し、尊敬しているのであるが、はたして、久我誠という人間は、どんな人物だったのだろうか？

小暮という頑固で正義感の強い男が、心酔していたと分かり、なおさら久我という男に十津川は関心を持ったのである。

「当時の陸軍について書かれた本や、資料を読んでいるんだが、この久我誠中将は、当時は、第十四軍の軍司令官だったんだが、驚いたことに評判はよくない。というよりも、はっきりいってめちゃくちゃに悪いんだ。久我中将のことを、陸軍部内では、もっとも程度の悪い愚将と、決めつけている声が、圧倒的だからね」

と、十津川が、いった。

「私も警部が、手に入れられた本や資料を読んだんですが、警部がいわれるように、久我中将は、太平洋戦争を通じて陸軍の第一の愚か者であるとまで、はっきり、書いている本もありましたよ」

「そうなんだ。誉める声は、皆無だね」

「久我中将は昭和十八年の春から一年間、フィリピンの司令官をやっていて、彼が更《こう》迭《てつ》され、その後を、継いだのが、あの有名な、山下将軍というわけですよ。その山下将軍がフィリピンに赴任して、各地を視察した後で、防備強化について何もやっていないじゃないか、アメリカ軍が上陸してきたら、どうするつもりなんだと怒ったという話が、伝わっています。久我中将は一年間、フィリピンの防衛に対して、何の手も、打っていなかったとしか思えません。彼に与えられた任務は、来るべきアメリカ軍の、攻撃に対して、フィリピンの防備を、強固にすることですから、間違いなく、司令官失格ですね」

亀井がいう。

「たしかに、大本営からすれば、久我誠は、司令官失格だろうね。陸軍一の、愚将といわれても仕方ないかもしれない」

「久我中将は、一年間フィリピンにいて、昭和十九年に、第十四方面軍の司令官を辞めているのですが、これは自分から辞めたのではなく、明らかに、更迭されたんですよ。大本営が、久我司令官の行動に呆れて、彼を更迭して、その後を、マレーの虎といわれた、山下将軍に、託したんだと思いますね。久我中将よりも先に、山下将軍が、司令官になっていたら、フィリピンの戦いでも、日本軍はもっと善戦したんじゃありませんか？」

「たしかに、カメさんのいう通りだ。日本軍は間違いなく、善戦しただろう。しかし、この久我という人間は、もしかすると、フィリピンの防護を、強固にしようなどという気持ちは、最初から、持っていなかったのかもしれないな」

と、十津川が、いった。

「しかし、警部、それは、明らかな命令違反ですよ」

「その通りだ。上官の命令に、背くということは、軍隊では、もっとも大きな違反で、そして、絶対に、あってはならないことだからね。だからこそ、久我誠は、更迭されたんだろう。ただ不思議なのは、そんな久我誠の行動について、当時、フィリピンに展開していた海軍航空隊の小隊長だった小暮義男が、戦後の手紙にもあるように、なぜあれほど賞讃しているのかということだよ。私はその理由を知りたい。それが分かれば、小暮義男が、八月十五日に、殺された理由も、分かってくるような気がするんだ」

十津川が、いうと、亀井が、一冊の雑誌を、十津川に示して、

「この雑誌に、久我中将と、陸大の同期生だった人間が戦後、久我の、戦時中の行動を批判して書いた記事が、載っていますよ。戦後十年目に書かれたもので、こう書いてあります」

と、いった。

〈久我誠は、五番以内の成績で陸大を卒業し、いわゆる恩賜の軍刀を、受けたほど秀才なので、われわれも、同期生として、彼のことを、大いに自慢にしていた。

彼の成績からして、おそらく参謀本部に入って、参謀として活躍するのではないかと、われわれは期待した。

ところが、彼は、参謀本部には入らず、陸大を卒業した二十年後、最初に中国戦線で、現地軍の指揮を執っている。

陸大の机上訓練になると、彼は抜群の成績を残していたので、中国大陸でも同じように、抜群の軍功を立てるに、違いないと思われた。

それなのに、久我誠が指揮を執った中国大陸では、中国軍に包囲されたりするなどして、どうにも、冴えない戦闘を続けていたために、久我誠は、大本営によって、本土に呼び戻され、陸軍士官学校の、教官になってしまった。

ところが、陸軍士官学校でも、久我誠は、生徒たちに向かって、

「今回のこの戦争はいわば総力戦である。一つ一つの戦闘で勝ったことをいちいち喜んでいては、この総力戦には、絶対に勝利できないだろう。したがって、作戦要務令が示す白兵戦有利などという言葉は忘れるのだ」

といって、大きな問題になってしまっている。

何しろ、戦術について書かれた作戦要務令が賞讃するのは桶狭間《おけはざま》の決戦だからだ。あの桶狭間の決戦は、日本軍が、もっとも得意とする奇襲、夜襲、そして、少ない兵力で倍する敵を倒すという戦い方だった。

久我誠は、こうした戦い方を今すぐ止めるべきだと一蹴してしまったのである。

太平洋戦争が始まった時、陸軍士官学校校長の久我は、これからは、士官学校で、英語を教えるべきだといい出して、どうして、敵国語を学ばなければならないのかと、批判を、浴びたりしている〉

雑誌の記事は、こうなっていた。

さらに十津川は、久我誠中将が受け取っていた小暮義男からの手紙の中の二通目に、目を通してみた。

「カメさん、ここにも、興味深いことが書いてあるよ」

と、十津川が、亀井に、いった。

その手紙には、こうあった。

〈久我さんが、第十四方面軍の司令官の任を解かれて、マニラから帰られた後、間を置かずに、アメリカ軍が、レイテ島に上陸してきました。

そして、十九年十月に、特攻攻撃が始まったのです。

マニラの海軍基地にいた私は、特攻隊の直掩機の任務を与えられていました。

その任務を遂行中に、上空からレイテ湾に集まっているアメリカ軍の軍艦、輸送船、そして、防御陣地などを、この目で、見てきたのですが、この時、最初の特攻は成功したにしても、これから先同じような戦果を挙げ続けることは、難しいだろうと、私は、実感しました。

久我さんが、予想されていたように、アメリカ軍の戦力は圧倒的です。日本の特攻が成功すると、アメリカ軍はすぐに、レイテ湾の防備を、強化しました。それも徹底的にです。

防御陣地が延々と続くのです。機銃が、全部で、百丁は並んでいる。その上、レーダーです。まともに突っ込んだら、生きて帰れませんよ。

私は偵察の時、昼間には行きません。昼間は、絶対に、あの防御陣地を突破できないからです。夜間、それも、時間を見て、低空から侵入してすばやく逃げる。それ以外に無事に帰れる方法はありません。

あんな地域に、昼間、特攻機が、突っ込んでいけば、敵艦に、体当たりする前に、絶対に撃ち落とされてしまいます。特攻について聞かれた時、私はその通りに答えました。しかし特攻は継続されました。

特攻は一応、志願ということになっていますが、事実は命令ですから、止めるわけにはいきません。

そこで、私は、司令の命令で、戦闘機の受け取りに本土に帰った時、密かに、陸軍士官学校の教官に、なっておられたあなたに、お会いしました。

特攻について、どうしたらいいのかを、あなたに、お聞きしたことがありましたよね？　その時のことを、久我さんは覚えていらっしゃいますか？

その時、久我さんは私に、はっきりと、こういわれました。

外から見ている限り、あれは戦闘行為ではない。一種の行事になってしまっている。つまり、上のほうは、すでに、戦争の継続に対して自信を失ってしまっている。

それでも特攻を続けていれば、全力を尽くしているという自己満足を、得ることができる。そのために、毎日の行事のように、特攻を続けている。戦闘ではないのだから、今すぐに、やめさせるべきだ。一番いいのは、戦争自体をやめてしまうことだが、それだけの勇気のある指導者はいないだろう。

あなたは、そういわれた。

私は、あなたの言葉を聞いて、その時、こういいました。

私も正直にいって、できることなら、今すぐにでも、特攻を止めたいと思っています。しかし、そう思っても、小隊長の私には、もう止められないのです。

どうして、止めることができないのかと、あなたに、聞かれたので、今、戦場を、支配しているのは、大楠公《だいなんこう》精神ですからと、私は、いいました。

私の言葉を聞くと、あなたは笑いながら、大楠公といえば、楠正成《くすのきまさしげ》のことだろう？　私の知っている楠正成という武将は、千早城に籠って、ゲリラ戦で、大軍を苦しめた。それなら、戦闘としては、まともじゃないかと、いわれましたが、私は、違うといいました。

戦争が、末期症状を呈してくると、楠正成の扱いも、それにしたがって、変わってくるのです。今や千早城に籠って、ゲリラ戦で、大軍を悩ませている楠正成のことを、口にする者は、誰もおりません。

誰もが口にするのは、楠正成が、わずか、三百人足らずの人数で、十万の足利尊氏《あしかがたかうじ》の大軍を湊川《みなとがわ》で迎え撃って、戦死したことです。つまり、負けるとわかっているのに大軍に対して、勝ち目のない戦いを、挑んで死んでいった楠正成なんです。それが今、戦争を支配している大楠公精神です。

それが大楠公精神かねと、あなたは、皮肉な目をなさいました。

そうです。それが、大楠公精神です。小さな島を守って、最後に万才突撃で玉砕する。それが大楠公精神です。

ニューギニアで、全滅を覚悟で、アメリカ軍の基地に夜襲をかける。それを死場所にするのも大楠公精神です。
全滅を覚悟して攻撃を仕掛けることが、大楠公精神なのかねと、あなたは、またイヤな顔をされた。

それでも、それこそが大楠公精神なのです。

あなたは、そんなことで、死ぬ必要はないと思っている。しかし、現在、私のように第一線にいて、連日、特攻を、見送っていると、特攻反対の私までこれぞ大楠公精神と考えてしまうのです。誰も彼も死を崇高なものと考えている。死ぬ以外に戦う方法がないのです。そんな自分を納得させたい。だから大楠公精神です。

それに対してあなたはいわれましたね？
戦争は、勝つか負けるかの二つに一つだ。そのどちらかしかない。それならば、勝たなくてはいけない。

もし、勝てないと最初から分かっていたら、そんな戦争は、やる意味がないから、すぐに、止めるべきだと、あなたは、いわれました。誰でもわかることだともいわれた。

たしかに、あなたのおっしゃる通りなんです。

しかし、私のような、小隊長でしかない者にとって、上官から命令されれば、特攻に走るよりほかに、仕方がないのです。

その上私自身、特攻はやってはいけない行為だと、思っていながら大楠公精神に酔っているところがあったのです。

その時、あなたは笑いましたね。「死ぬことに酔えるなんて子供だ。大人なら酔って他人を殺すな」といわれた。その言葉に私は、はっとしました。自分が勝手に酔って特攻を見送ってはいけないのだと。

あの時、久我さんにお会いしたおかげで、特攻は何とかして止めるべきだ。もし、止められなければ、なるべく出撃させないようにしようと、私は、自分にいい聞かせたんです。

そのおかげで、少しは、良心が痛まずに済むようになりました〉

4

その後、久我中将の、日記も発見された。

久我誠の孫に、あたる女性が、祖父の遺品を整理していて、彼の日記を、発見したのである。十津川たちは早速見せてもらうことにした。

何冊もの日記の中で、十津川が、特に興味を持ったのは、久我が、昭和十八年の春から一年間、第十四軍司令官として、マニラにいた頃の日記だった。

そこには、昭和十九年の正月、大本営から若い参謀がやって来て、司令官だった久我中将に対して、もし、アメリカ軍が、上陸してきたら、どう戦うつもりか、それをお聞きしたいと、いわば詰問した時のことが、詳しく書いてあった。

大本営も、この時点で久我司令官があまりにも呑気に見えたので、若手の参謀を、派遣して、フィリピンでの攻防を、久我が、どう考えているのか問い質したのだろう。

それに対する久我司令官の答えが、日記に、残されていた。

〈アメリカ軍が、上陸すると分かったら、全ての日本軍を、ルソン島の北部に集結させる。マニラでの市街戦は、絶対に、行わない。もし、マニラで、市街戦を行えば、どれだけの市民が、犠牲になってしまうか、想像を絶するものがあるからだ。

そんなことになれば、戦争が終わった後で、日本人は、フィリピン人に、恨まれることになる。そんなマイナスになることは避けるべきだからだ。

したがって、全軍をルソン島北部に集結させて、そこで、上陸してきたアメリカ軍と戦う。私は、そう考えている。

そんな私の答えに対して若い高級参謀が、質問する。まるで、昔の検問使のようにだ。

「それで、勝てる見込みがあるのでしょうか？」

「いや、無理だね。ここまで島をめぐって日本軍とアメリカとの間で、どんな戦いを、やって来たかを冷静に考えてみれば、フィリピンでだけ、日本軍が勝利を得るなどという妄想を描くことがどれほどバカげているか君にも分かることだろう。すでに制空権も制海権も、アメリカに握られているんだ。その上、アメリカ軍は、おそらく戦車を、先頭に立てて攻撃してくる筈だ」

と、私は、いった。

「こちらにだって、戦車があるじゃありませんか？」

「たしかに、その通りだ。われわれも若干の戦車を持っている。しかし、君も知っているように、その装甲は、薄いもので、わずか九ミリだよ。そんなものは、機関銃の弾でさえ、貫通してしまう。対して、アメリカのM4シャーマンは、日本の戦車の数倍ある、六十ミリから七十ミリだから、機関銃では到底貫通できない。おそらく、最初の戦闘で、日本軍の数少ない戦車は、ほとんど、全滅してしまうだろう。それでも、われわれは、ルソン島北部の戦闘で、アメリカ軍の侵攻を、最低六ヶ月は食い止めるつもりだ。六ヶ月以上は無理だ」

「どうして六ヶ月なんですか？」

「援軍は来ないんだろう？」

「難しいと思っています」

「それなら六ヶ月が限界だ」

「それでも戦うのが皇軍でしょう」

「君の頭の中は、カラッポか？」

「それでは、その後は、いったいどうするんですか？」

若い参謀は眼をとがらせて私にきくのだ。

「君は、どうしたらいいと思っているんだ？　君の考えを、聞かせてくれ」

私は、若い高級参謀に、質問をぶつけてやった。

若いエリート参謀が、どう答えるのか、私には、大体分かっていたが、わざと、質問してみたのだ。

案の定、彼の答えは、私が予期した通りだった。

「もちろん、最後の一兵になるまで戦います。そして、できる限り、アメリカ軍に出血を強いるのです。その後、万才突撃を敢行します」

「それで玉砕か？」

「その通りです」

「それでは敗北ではないか？　それでいいのか？」

私は意地悪くきいた。

若い参謀は、敗北という言葉がやはり気になったらしく、
と、いった。

「いえ、これは、敗北ではありません。玉砕です」

「全員玉砕か？」

「そうです。光栄あるわが皇軍の最後を、世界に見せつけたいと思っております」

「しかし、君だって、この戦争が、いつか終わることは、分かっているんだろう？」

「もちろん、分かっていますが、今は、それについては、考えないことにしています」

「どうして？」

私が、きくと、途端に、若い高級参謀は、困惑の表情になり、黙ってしまった。

「この戦争がいつか終わる。戦争の推移を見ていると、今後あまり長くは続かない。せいぜいあと一年か、一年半くらいで戦争は、終わるだろう」

「一年か一年半で戦争が終わるかも知れませんが、問題は、どんな形で終わらせるかということです。われわれは、全力を尽くして、アメリカ軍を、どこかの決戦で、叩き潰し、それをもって、有利な形で和平に、持っていきたいと思っております。それ

以外、戦争を止めることは、全く考えておりません」

「しかし、今もいったように、ルソン島の北部での、アメリカ軍との戦いは、間違いなく、六ヶ月で終わる」

「しかし、どうして、六ヶ月で終わってしまうのですか？　一兵に至るまで、全ての兵士が全力を尽くして、敵と戦えば、一年でも二年でも戦争を、継続することができるじゃありませんか？」

と、若い参謀が、いう。

私は、つい笑ってしまった。

「制空権も制海権もない戦場で六ヶ月も、戦っていれば、弾丸がなくなってしまうだろう。食糧も尽きる。戦死、戦傷者の数も、増加する。冷静に考えれば六ヶ月で戦うことが不可能になってくる」

「その時は、最後の突撃を、敢行するわけでしょう？」

「いいか、戦争は、もうこれ以上、続かないよ。まもなく戦争は終わる。その時には一人でも多くの若者が生きていなければ、日本の復興は、できないんだよ。だから、最後の突撃などという無意味なことはしない。大事な若者は死なせたくない。だから、六ヶ月で、戦争をやめる」

「やめるというのは、降伏するということですか？」

「そうだ、降伏する。どんなに大きな戦争だって、勝ちと負けの、二つに分かれる。敗者は、勝者に対して、降伏する。つまり、それでフィリピンでの、戦闘は終わりだ。その後、おそらく一年以内に、戦争は終わる。若者たちは、その時まで、生きていなくてはいけないのだ。死んではいけないんだよ。だから、六ヶ月間戦った後は、私の責任で、アメリカ軍に降伏する」

「しかし、それでは、まるで敗北主義ではありませんか？　そんなことは、絶対に認めません」

「それじゃあ聞くが、君は、フィリピンで、日本軍が、アメリカ軍に、勝つことができると本当に思っているのかね？　今の状況で、どうやったら日本軍が、アメリカ軍に勝てるというのかね？」

「負けると思ってしまった時が、敗北なのです。絶えず勝つことだけを、信念として持っているべきです。それがわれわれ皇軍の精神だからです」

と、若い参謀はいった。

私は、それ以上何もいう気がなくなった。たぶん、目の前の若い高級参謀が、大本営に報告し、私は間違いなく、更迭されることになるだろう〉

この日の日記はここで終わっている。

読み終わると、亀井が、

「六ヶ月ですか？」

と、いった。

「久我司令官は冷静に計算して、六ヶ月と考えたんだろう」

と、十津川が、いう。

「硫黄島《いおうとう》の、栗林《くりばやし》中将は、なんとか一ヶ月持たせて、大きな損害を、アメリカ軍に、与えています」

「だから、栗林中将は、名将で、久我中将は、愚将なんだよ。戦争が終わって今になっても、その評価は変わっていない。問題は、殺された小暮義男が、その点を、どう考えていたかだな」

と、十津川は続けて、

「もう一つ、久我中将が、批判された理由が、日記でわかる。久我中将は、大本営から命令された、フィリピンの防衛強化をほとんどしなかっただけではなく彼が赴任した昭和十八年の春から、夏にかけて、毎日のように、ゴルフに出かけている。しかも、一緒にゴルフをやった相手は、当時の、フィリピンの政治家たちだ」

と、十津川が、いった。

当時の久我誠の日記には、はっきりとゴルフのことが書いてあった。そこにあるイうである。

ニシャルは、一緒にゴルフをしていたフィリピンの政治家のことだと考えて、よさそ

「それじゃあ間違いなく、久我司令官は、軍人としては、失格だといわざるを、得ませんね。何しろ、フィリピンには、占領軍の司令官として、赴任しているわけですから、そこで政治家と、毎日のように、ゴルフ三昧というのでは、フィリピンを、占領した意味がなくなってしまいます」

と、亀井が、いった。

「確かに、カメさんのいう通りだ。だから久我中将は、陸軍始まって以来の愚将だといわれている。しかし、不思議だとは、思わないか。久我は、陸大を五番以内の成績で卒業している。正確には、二番の成績だ」

「一番になれなかったというのは、どこかに欠点があったんじゃありませんか」

と、亀井がいう。

十津川は笑って、

「私も、同じように考えたんで、その点も調べたら、わかったよ。久我は、申し分のない成績で陸大を卒業したが、とにかくどんな先輩でも遠慮なく批判する。一番になると卒業式の時に、来賓の陸軍大臣に、感謝の答辞を述べることになっているが、久我は何をいうかわからない。それが心配でわざと二番にしたそうだ」

「面白いですが、日本陸軍始まって以来の愚将という評判は消えないんじゃありませんか？」

「問題は、そこなんだよ。彼は司令官なのに、フィリピンの防備について、何もしなかった。それが愚将といわれる理由だがひょっとして、彼はわざと、何もしなかったんじゃないだろうかと考えてしまうんだよ」

「しかし、それは命令違反ですよ。特に軍隊では命令違反は最低の犯罪でしょう」

「それもわかっていた筈だよ。頭の切れる男だから」

「それなのに、なぜ、何もしなかったんですかね」

「久我には、かなり前から日本の敗北は見えていたんだと思う。それならなるべく早く戦争をやめるべきだと考える。防備を堅くして、激戦になるのは意味がない。日米双方に犠牲が出ることになるからね」

「しかし、負けるとわかっていても、全力で戦うのが、軍人の役目でしょう」

「それが正論だよ。だが正論ではただただ犠牲者が多くなっていく。よく戦ったという賞讃は、死傷者が増えたことも意味している。久我は、それに反対したんじゃないかと思うね。だから、何もしなかった。全て戦後を見つめていたんだろう。そうした久我の生き方、考え方に、小暮義男は次第に同感するようになっていったんじゃないかね」

と、十津川は、いった。

第三章　マニラ

1

十津川は何とかして、小暮義男が殺された理由、いい換えれば、犯人が、小暮義男を殺した動機、それも、九十歳を超えた小暮義男を、殺さなければならなかった理由は、いったい何だったのかを、知ろうとした。

その理由が、戦後ではなくて、戦争中にあったのではと、絞り込んでからというもの、十津川は、必死になって、戦争中のさまざまな記録や将兵の言行録などを、片っ端から、調べていった。

そうすることによって、小暮義男を殺した犯人像を探ろうとした。また殺人の動機が何であったのかが、自然と、分かってくるはずだと、思ったのである。

十津川の机の上には、太平洋戦争について書かれた本がうずたかく積まれ、これも、太平洋戦争を描いたＤＶＤを買ってきては、それを、夜遅くまで、ひたすら見続ける毎日が続いた。

「警部、半分は、私が引き受けますよ。一人で、太平洋戦争全体を知ろうとするのは、いくら何でも、無茶なんじゃありませんか？　そんなことをしていたら、体を壊してしまいますよ」

と、亀井が、いった。

「もちろん、カメさんに、手伝ってもらうのはありがたい。分担して、読んでもいいんだが、太平洋戦争についての何人もの将校たちの話を読んでいると、そんなに、簡単ではないということが分かるんだよ。同じ戦争反対でも、二つに分かれてしまうからね。だから、私は、自分の中で、まず、一つの結論を、得たいんだ」

「分かりました。では、そうしてください。私にできることがあれば、何でも、お手伝いします」

と亀井が、いった。

「久我誠が、そうだったように、太平洋戦争の時、戦争に、反対だった将軍も、いるわけですね？」

「そうなんだ。太平洋戦争に、反対だった将軍は、何人もいるんだ。しかし、久我誠のような態度を取った将軍は、ほかには、一人もいない。多くの将軍たちは、戦争に、反対しながら勇敢に、アメリカ軍と戦い、最後には戦死している」

「どうしてなんですかね？　最初から負けると分かっている戦争をやるのは、愚かだと、孫子の兵法にも、書いてあるじゃありませんか。どうして、負けると分かっているのに戦い、戦死していったんでしょうか？　私には、その辺がどうにも理解できませんが」

「勇敢に戦いながら、自刃する将軍、あるいは、将校に共通しているのは、大楠公精神なんだ」

「大楠公って、小暮から久我への手紙にもあった、楠正成のことですよね」

「その通りだよ。一三〇〇年代を、南北朝時代と呼ぶ。時の天皇が南朝と北朝に分かれて、争った時代のことだ。南朝方についたのが、楠正成や新田義貞《にったよしさだ》、北朝方についたのが、足利尊氏だった。最初は南朝方が優勢で、足利尊氏は、九州に逃げていった。ところが、その後、足利尊氏が九州で、十万という軍勢を引き連れて、京都に攻め上ってきた。その時、楠正成は、手勢が三百騎くらいしか、いなかったから、十万もの大軍の足利尊氏と戦って、とても、勝てるとは思えなかった。それでも、楠正成は、南朝方の天皇の命令に従って、神戸の湊川に、手勢三百騎をつれて、足利尊氏を、迎え撃ち、戦死してしまった。つまり、負けるのが分かっている。死ぬのが、分かっていながら、楠正成は、天皇に対する忠義のために、湊川に出陣して、十万の足利尊氏軍と、戦って戦死した。この楠正成の精神を、大楠公精神と、戦争中は、呼んでいたんだ。日本軍は、アメリカ軍には、とても勝てそうもない。戦う前から、負けるのは、分かっている。戦死するのも分かっている。それでもなお、勇敢に戦って、最後には、討ち死にした。その頃は、玉砕といっていたんだが、そうした武将こそ、本当の英雄だといわれた。当時もっとも、すばらしい、侍らしい、あるいは、日本の軍人らしい生き方死に方だったんだ」

「そういう死に方をした将軍が、何人も、いたわけですね？」

「そうなんだ。その中でもっとも典型的だった将軍は、聖将と呼ばれた、安達《あだち》二十三だろう。二十三と書いて、はたぞうと読むのだが、この人が、もっとも、典型的な大楠公精神の持ち主だったと、いわれているんだ」

「申し訳ありませんが、私は、その安達二十三という将軍のことを全く聞いたことがないのですが、どんな人物だったんですか？」

「今の世の中、大楠公精神のことは、誰も口にしなくなったからね。しかし、戦時中から戦後にかけては大楠公精神、あるいは、湊川精神をもっとも発揮した将軍として有名だったんだ」

「安達二十三は、どんな戦い方をした将軍なんですか？」

「カメさんは、ガダルカナルの戦闘は、知っているね？」

「たしか、日本陸軍が、太平洋戦争で、初めてアメリカ軍に、負けた戦いじゃありませんか？」

「その通りだ。そのガダルカナルの戦いの次に、日本軍とアメリカ軍が戦ったのがニューギニアなんだ。今、君がいったように、ガダルカナルでは、日本陸軍がアメリカ軍に初めて敗北するのだが、その後ガダルカナルよりもはるかに大きな島、ニューギニアで日本軍とアメリカ軍との死闘が、続いた。ここでも結果的には、日本軍は敗北するのだが、そのニューギニア戦線に日本軍が投入した兵力は、約十四万人。それが、アメリカ軍に敗北し、結局、日本に、帰ってくることができたのは、わずか一万人に、過ぎなかったといわれている。

その中に聖将、安達二十三の率いる第十八軍も、入っていた。ニューギニアを戦場にして、アメリカ軍と死闘を展開していたのだが、途中で第十八軍は、港湾や飛行場をアメリカ軍に占領されて、動きが取れなくなってしまった。このままの状況でアメリカ軍と戦えば、第十八軍は、負けるに決まっている。そこで、参謀本部は、しばらく動くなと、命令している。ところが、第十八軍の指揮官、安達二十三は、このまま動かずにいて、ただ現状に、留まっていることには、どうしても耐えられない。そこで、敗北を覚悟の上で、参謀本部にアメリカ軍の基地アイタペを攻撃することを上申したんだ。アメリカ軍の陣地は頑丈で、その上、制海権も、制空権も奪われているから、アイタペを攻撃すれば、誰が考えても敗北するに、決まっている。それが分かっていたので、参謀本部は、安達二十三に、動かずに待機せよという命令を出していたんだ。

しかし、いたずらに、何もしないでいることに、安達二十三は、我慢ができなかったんだろう。攻撃命令を出してくれるように、参謀本部に、上申書を出すのだが、その上申書の中に、大楠公精神という言葉が、盛り込まれているんだ。この時、その上申書を、受け取ったのが、終戦の時の陸軍大臣で、自決した阿南惟幾《あなみこれちか》なんだ。当時、安達二十三の、直接の上司が、この、阿南陸軍大臣、当時は、第二方面軍司令官だったが、この阿南さんも攻撃しか命令しなかったといわれる猪突猛進型の将軍だったので、安達二十三の味方をしている。当時の、阿南日記には、こう書かれているんだ。

『安達二十三第十八軍司令官より、余に、アイタペ攻撃を決行せしめられたき旨上申あり。皇軍の真の姿を発揮し、楠公精神に生き、今回の結果如何よりも皇国の歴史に光輝を残すをもって、部下への最大の愛なりとの信念を強調しあり。将帥の心情、まさにかくのごとくあるべし。余も武士道を知り、皇軍戦道を解す。之を是認し上司にも具申す』

これが、昭和十九年五月二十六日の阿南の日記に書かれている。また、阿南第二方面軍司令官は、こうも日記に書いている。

『軍は重ねて、強く徳義に生き、皇軍の本領を発揮すべき唯一の道に邁進する強烈なる信念を固むるに至る』

つまり、安達二十三の直接の上司だった阿南第二方面軍司令官も、安達の上申通りに、ただ守るだけではなくて、アメリカ軍の基地アイタペを攻撃させるべきだといっている。しかし、参謀本部から見ると、その時の十八軍の力では、アメリカ軍の基地アイタペを攻撃しても、勝てる見込みが全くなかった。ただやみくもにアメリカ軍の基地に攻撃を仕掛けても、いたずらに戦死者の数を増やすばかりではないかと、そう思って、攻撃の停止を命令していたんだが、結局、決行されてしまう。その時、安達二十三は、部下全員に対して、こういって命令している。『これを戦略戦術的に解決すべき合理的な方策は求められない。本職は、この難局に処する方策を、皇軍が多年にわたって鍛錬に鍛錬を重ねた軍人精神の教えの道に求めんとす。皇国の弥栄《いやさか》は各人夫々《それぞれ》皇国の危急に殉じ悠久の大義と無窮の国史に生くるの道を全くするに於いて初めて祈念し得べきは諸子の既に熟知する所』と、訴えているんだよ。つまり、大楠公精神を信条として祖国に殉ずべきといっている」

「それで、安達二十三の第十八軍は、実際にアメリカ軍のアイタペ基地を攻撃したんですか？」

「全力を尽くして、アイタペ基地を攻撃して、大損害を出して敗退している」

「それでも、安達二十三という司令官は、聖将として賞賛されているわけですね？」

「そうだ。とにかく、大楠公精神に、生きているからね。戦後自刃している」

「ほかにも、似たような、日本的名将という人はいますか？」

「海軍の大西瀧治郎《たきじろう》中将という人がいる。カメさんは、その名前を、聞いたことがあるか？」

「知っていますよ。たしか、特攻の生みの親と、いわれている人でしょう？」

「そうだがそれについては、諸説はある。とにかく大西瀧治郎といえば、特攻ということになっている。大西中将は最初、特攻を否定していた。作戦的に考えれば、特攻は邪道であると、はっきりといっていたんだが、戦局がどんどん悪化してくると、大西中将の考え方は、理論的よりも、精神的なものになっていった。最初の特攻は、アメリカ側にも、まさか日本機が体当たり攻撃をしてくるとは考えなかったので、油断があって、大きな成果を、挙げた。たった五機の特攻で、敵の軍艦三隻を、撃沈し、一隻を大破したからだ。しかし、その後は、アメリカ側の防御も、緻密になって特攻による成果も乏しくなった。それでも他の攻撃方法が考えられない。そうなると特攻も、自然に、精神的なものになっていった。

大西中将の言葉も変わっていく。こんな具合にだよ。『特攻隊員が敵の艦船に体当たりができなくて、敵に痛手を与えなくても、徒労ではなくて、主観的にいえば、日本に奇跡を呼び起こす英雄的な行為である。敵の艦船が沈没する、しないにかかわらず、これは意義のある死である』さらに、大西中将は、特攻についてこんなふうにもいっているんだ。『特攻が愚弄な作戦だったとしても、それは、将たる者が、部下に対して与え得る大きな愛情である』。安達二十三もいっている。『敗北することは分かっている。死ぬことも分かっている。しかし、大将たる自分は、部下に対して素晴らしい死に場所を、与えているのだ』と、二人とも、同じことをいっているんだよ」

「たしかに、同じですね。安達司令官は、アメリカ軍の基地を、攻撃したいと上申した。しかし、勝てる見込みは、全くなかった」

「参謀本部も、安達の第十八軍が、負けるに決まっていると思ったから、攻撃の命令は出さなかったんだ」

「そうなると、何のために攻撃を命令したんですかね？」

「君はどう解釈する？」

「基地を攻撃する。そのこと自体に意義を見出しているように感じますね。大西中将の特攻も同じ感じですね」

「特攻の命中率は、だんだん、悪くなっているんだ。アメリカ軍の防衛が次第に、強くなっていったし、逆に特攻隊員の訓練の時間は短くなっていって、ただ単に、アメリカ軍の、艦船に突っ込んでいくことだけを、目標にした、パイロットたちが、突っ込んでいったんだからね」

「そうなると、陸の十八軍と同じですね。特攻でアメリカ軍に勝つことが難しいので、特攻自体が意味があることになってしまう。もっと突きつめると、戦うこと、成果をあげることより死ぬことに意味があることになってしまいますね」

「これは何も、安達司令官や大西中将の問題じゃないんだ。昭和二十年になると、陸軍と海軍が合同で敵に当たることになって『戦争指導大綱』が発表されるんだが、その冒頭の言葉というのが今、君がいったように、やたらに、精神的な言葉が並んでいるだけで、具体的な作戦については、一言も触れていないんだ。そこには、こうある。『必勝尽忠の信念を原動力とし、地の利、人の利をもって、あくまで戦争を完遂し、もって国体を護持し、国土を保全し、戦争目的の達成を期す』、これが、昭和二十年の本土決戦を前にした陸海軍の方針なんだ」

「たしかに、何がいいたいのかよく分かりませんね。必勝尽忠の信念というのは、要するに、勝つことしか考えるなということでしょう。しかし、兵士が知りたいのは、最終的な戦う方法でしょう」

「ガダルカナルの敗北以来、少しずつ、参謀本部の命令がおかしくなってくる。そのため、前線の将兵、特に小隊長あたりは、命令が来ても、それが何を意味しているのか分からなくて困ったといっていたらしい。例えば、国土を保全し、と書いてある。しかし、兵士が知りたいのは、国土を保全する方法なんだ。ところがその指示はない」

「しかし、それでもなお、日本軍の将兵は負けることが分かっていながら、最後まで戦って、玉砕していったわけですね」

「そうだよ。だから、久我誠という司令官などは、まさに例外中の例外なんだ」

「どうして、多くの司令官や連隊長たちは、戦争を止める方向に、動かなかったんでしょうか?」

「日本の将兵にとって、いちばん怖いのは、自分が卑怯者とか臆病者といわれることだった。日本の軍隊の中で卑怯者とか臆病者といわれたら、生きていられないともいわれた。もし、小隊の中で卑怯者とか臆病者といわれたら、それが兵士だったら一生いじめられるし、隊長だったら、部下がいうことをきかなくなる。それを試そうとして、敵軍捕虜を銃剣で、突き殺すようなバカな真似が、多くの部隊で、やられていたことが分かっている。その時、捕虜を突き刺すのが怖くて、怯んでしまったら、その後、ずっと、臆病者のレッテルを貼られてしまう。だから、目をつぶってでも銃剣で捕虜を刺して、殺してしまったという、兵士の日記が、発見されたりしているんだ。

とにかく日本は、恥の文化が支配する国だからね。理屈の文化ではないんだ。だから不合理なことが、横行した。私は、そんなふうに推測するんだがね。他にも、戦闘機のパイロットが、命が惜しいのかといわれるので、パラシュートを持たずに出撃し、多くが命を落としている」

「しかし、将校の中には、久我司令官みたいな、合理精神の持主もいたわけでしょう？」

「そうだ、たしかにいた。しかし、太平洋戦争のことを、書いたいろいろな本を、読んでいるんだが、久我司令官のような軍人は、めったにいないんだ。もちろん、戦争反対を主張した軍人は、何人かいるんだが、戦争を阻止する方向には持っていかないで、戦争になれば、猛烈に戦って最後には死んでしまうんだ。戦争中、中国政府の要人の一人が、こういっていたと、いわれている。『来年になれば、日中戦争は、終わりますよ。なぜなら、この戦争について、日本人がいくら考えたって、大義なんかありませんからね。来年あたり、日本の母親たちが、戦争反対を唱えて、一斉に、立ち上がるでしょう。だから、戦争は間違いなく、来年になれば、終わりますよ』とね。ところが、日本の母親たちは、戦争反対の声を挙げて立ち上がる代わりに、バンザイで、息子や兄弟を戦地に送っていたんだ」

「また戦争が起きたら、同じようなことになるんでしょうか？」

「戦争中の日本でも、百人の人間がいて、そのうちの一人だけが、戦争に、反対の意見をいうのは、大変勇気のいることだった。おそらく今だって同じでそんなに、変わっているようには思えない。右だろうが、左だろうが、自分一人だけ違った意見を、というのは、今だって、なかなか難しい。それを、禁じる法律がなくても、自分で、個人的な意見をいうことをためらってしまう。この国民性は、変わらないね」

2

「その久我誠司令官のことなんですが」

と、亀井が、いった。

「あれから久我誠という人物に、興味を持ったので、彼のことを書いてある本を探して読んでみたのですが、久我誠は、陸大を、優秀な成績で卒業しているわけでしょう？　それなのに、陸軍の中で全く人気がありませんね。私も、彼がマニラに、女を囲っていたというウワサが立っていたと知って、そういう点は、どうしても、同調できないんですよ」

「私も、彼の私生活は、アキレス腱だと思っている。ただ、日本の場合は、女性問題は、決してマイナスにはならないんだ。連合艦隊司令長官の山本五十六《いそろく》にしても、好きな女性がいて、その女性と、手紙のやり取りをしていたのは事実だからね。そういう点が、公になっても、批判されることはない。それどころか、くだけたところがあるとかいわれて、逆に、人気になってしまうんだ。久我誠も、女性問題はほとんど批判の対象にはならず、彼の私生活が問題になるのは、マニラの実業家とつき合っていたとかゴルフをやっていたことなんだ。戦争と女の問題についていえば、例えば、第十五軍がビルマを占領したんだが、その時、今問題になっている慰安所が、すぐに、作られたが、高級将校たちの遊び場として、九州から芸者を呼んで、ビルマの首都に、芸者屋を開かせていたんだ。そういうことに日本は寛大だった。しかも、日本の敗北が決まった後、その芸者屋にいた芸者たちを、いちばん最初に日本に帰そうとしていろいろと画策しているんだ。つまり、当時は、それが許されているような日本の社会だったし、その社会の雰囲気が、軍隊でも同じように、出ていたんだ」

「沖縄にも、慰安所があったそうですね。沖縄の戦記を読むと、そこには、百六十人くらいの、朝鮮人の女性がいたと、書いてありました」

「それとの関係で一人の女性が一つの詩を、書いている。彼女はご主人が徴集された。そこで、彼女は看護婦の資格を持っていたので、従軍看護婦として、沖縄に行った。夫が、兵隊として苦労しているんだから、自分も、従軍看護婦として働いてこれで五分五分だと思っていた。ところが、沖縄に慰安所の看板が出ていた。慰安所の中から、女性の歓声が聞こえたが、それは、朝鮮語だった。そこで小さな詩を作った。自分は夫を見習って、戦場に来て看護婦をしているのに、夫は戦地に行っても、女遊びをしている。あの声は、どう考えても、日本女性の声ではない。そんな詩だよ」

「また、戦争が始まるかもしれませんが、次の戦争では、どっちの司令官が、いい司令官なんでしょうか？　久我誠のような、一見するとデタラメな司令官と、安達二十三のような、大楠公精神に充ち溢れていて、参謀本部から、攻撃するなといわれても、負けることが分かっていても、死ぬことを、覚悟の上で突撃するような司令官と、どっちが、いいでしょうか？」

と、亀井が、きく。

「国家という立場からすれば、安達二十三のほうが、いい司令官ということになるんだろうが、一人の兵士の立場からすれば、久我誠のほうが、何とか、無事に故郷に帰れそうだから、いい司令官じゃないかね？」

と、十津川が、いった。

「ただ、久我誠は、軍隊の中では孤立していたわけでしょう？　だとすると、戦争が始まったら、真っ先に殺されてしまうんじゃありませんか」

「この戦争の時も、危なかった。久我を殺せという声があったらしいからね。次の戦争では、どうなるか分からない。特に、敗北が、決定的な戦争の場合は、私なら、久我誠のほうが、ありがたいね。太平洋戦争も、末期になると、死なくてもいい人までがたくさん、死んでいる。久我司令官なら、そういう人たちの犠牲を、最小限に、留められたと思うな」

「私が気になるのは、久我誠を尊敬していたように見える小暮義男のことです。彼が、どの程度、久我誠から、影響を受けていたのか？　その影響力は、太平洋戦争が終わってからも、ずっと続いていたのか？　ひょっとすると、毎年八月十五日になると、東京に行っていたという、小暮義男の行動は、久我誠に受けた、影響のためではないかと考えるんですが」

と、亀井がいう。

「同感だ。私も知りたいのは、小暮義男が、久我誠から、影響を受けていたとすれば、どんな影響を、受けていたのか？　さらに、戦争中の生き方を、戦後になって、小暮義男が、変えたのかどうかも知りたい。ただ、久我誠のほうが、戦後になって、どんな、生き方をしていたのか、全く分からないんだ」

と、十津川が、いった。

3

久我誠が陸軍士官学校の何期の卒業生なのか、そして、陸大の何期の卒業生なのかは、分かっている。したがって、当時の友人の名前も、当然、分かっている。

しかし、その全員が、すでに亡くなっていた。

そこで、十津川は、思い切って、中央新聞の尋ね人欄に広告を出してみることにした。

〈当方では、陸軍士官学校○期生で、陸軍大学校では○期生、戦時中、フィリピンの防衛司令官だった久我誠さんのことを調べています。

久我誠さんについて、どんなことでも結構ですから、何か、ご存じの方がいらっしゃいましたら、ぜひ連絡をお願いします〉

十津川は、そこに、自分の携帯の番号を書いておいた。

久我誠という人間は、とにかく人気のない軍人だった。陸軍士官学校や陸大の同期生の中には、久我誠と同期であったことを隠そうとした友人さえもいると聞いたことがある。それほど人望がないのである。

だから、尋ね人の広告を出しては、みたものの、どこからも、連絡が来ないのではないかと、覚悟はしていたのだが、その心配を、裏切るように、一人の女性から、早々と十津川の携帯に電話がかかってきた。

4

その女性の名前は、園田《そのだ》祥子《しょうこ》といい、今年六十二歳になるという。

電話での園田祥子の話によると、自分の母親である、園田ミツ子は、現在八十五歳で、病気療養のために、二ヶ月前から、伊豆修善寺《しゅぜんじ》の病院に入っているという。

「母のミツ子は、久我誠さんと二年間、一緒に、生活したことがあって、当時のことを今でもよく、覚えているのです。もし、私と一緒に、修善寺に行ってくだされば、その時、母をご紹介致します」

と、電話の向こうで、園田祥子が、いった。

もちろん、十津川は、すぐにOKした。

翌日、十津川は亀井と一緒に、東京駅から新幹線「こだま」を使って、熱海に行き、駅で園田祥子と、落ち合って、修善寺行きの特急に乗った。

修善寺駅で降りた後、バスで二十分ほど行った山あいに、園田ミツ子が、入院しているというK病院があった。そこは、温泉を利用した治療施設だった。

園田祥子の母、ミツ子は、ヘルニアを治療するため、この病院の温泉を利用しているのだという。

ミツ子は車椅子に乗っていたが、血色もいい、元気な八十五歳だった。

十津川は、本当に、今、自分の目の前にいるこの園田ミツ子という女性が、久我誠と二年間、一緒に住んでいたのかどうかを知りたかった。

そのことを、十津川が、単刀直入に聞くと、ミツ子は、笑って、

「ええ、間違いなく二年間、一緒に過ごしましたよ」

と、いって、小さなアルバムを取り出して、十津川に見せてくれた。

そこには、間違いなく、まだ若いミツ子と初老の男のツーショットの写真が、何枚か貼ってあった。その男は紛れもなく、久我誠だった。

「たしかに、久我誠さんですね。この写真を、撮ったのはどこですか？　東京ですか？　それとも、伊豆ですか？」

十津川が、きくと、ミツ子は、笑いながら、

「いいえ、日本じゃありません」

と、いった。

「日本ではないとすると、どこですか？」

「マニラ市内です」

「ということは、久我さんが、戦争中に司令官として、いたところですね？」

亀井が、いうと、ミツ子は、また、笑って、

「ええ。でも、久我さんは戦闘が始まる前に、東京に召還されてしまったんですって」

と、楽しそうに説明した。

「戦後、また、マニラに行っているんですね？」

「ええ、そうです。久我さんが面白いことをいっていましたよ。フィリピンを追われ

たマッカーサーが、アイ・シャル・リターンっていっていたけど、フィリピンに戻りたいわけは、フィリピンの人たちを、助けたいからじゃなくて、マッカーサーのお父さんも、フィリピン国軍の要職にあって、その上、フィリピンの基幹産業のサトウキビで儲けて、大きな会社を、フィリピンに持っていたからなんだ。それを取り返したくて、マッカーサーは、盛んに、アイ・シャル・リターンっていっていたんだ。だから、こっちも、あのマッカーサーに、負けないように、俺が占領している間に、大きな、利権を作ってやった。それで、実際に、久我さんは、マッカーサーのお父さんほどの会社ではなかったそうですけど、戦後になると、サトウキビの会社を、フィリピンの大統領から贈られたんですって」

と、ミツ子が、いった。

「フィリピンの大統領が、どうして、久我さんに、会社を贈ったんですか？」

「久我さんが、フィリピンの占領軍の司令官で、占領行政をやっていた頃の話なんです。憲兵がフィリピンの、政治家や実業家などを捕まえてしまったりすると、久我さんは、裏から手を回して、そうした人たちをどんどん、釈放してやって、フィリピンの政界や実業界に恩を売っていたんだそうですよ。それで、戦後になると、その恩返しというので、サトウキビの会社を、久我さんにくれたんですって。その会社の社長におさまっていた頃、たまたま、私は、彼と出会ったんですよ」

「しかし、その頃もう、あなたには、娘さんが、いらっしゃったんじゃありませんか?」

と、十津川が、きく。

「ええ、おりましたよ。でも、前の主人とは、その時にはすでに、別れていましたから、私は独身でした」

と、ミツ子は、楽しそうに、いう。

「マニラの夕陽が見えるホテルの部屋で、一緒に、その夕陽を見ませんかと、久我さんに、いわれたんですよ。それで、一も二もなくOKして、結局、二年間、彼と一緒に、マニラで、生活してました」

十津川は、もう一度、アルバムを、見せてもらった。そこに、貼られた古い写真を一枚ずつ、丹念に見ていくうちに、その中に小暮義男が、写っているのに気がついた。

十津川は、写真の中の、小暮義男を指差しながら、

「この人は、たしか、小暮義男さんといって、JR、いや彼が働いていた頃は、国鉄ですが、そこの人じゃありませんか?」

と、きくと、

「ええ、そうですよ。おっしゃる通り、小暮義男さんです。この人のことなら、今でも、よく覚えていますよ」

と、ミツ子が、答える。

「どんなことを、覚えているんですか？」

「あの頃、フィリピンで、鉄道を敷くという計画があって、日本の国鉄から何人か、マニラに、やって来たんです。小暮義男さんは、その中の一人でしたよ。その時、久我さんは、マニラの市内で、ホテルも、経営していたので、そこに国鉄の人たちを、全員を泊まらせたんですよ」

と、ミツ子が、いった。

「それって、いつ頃の、話ですか？」

と、十津川が、きいた。

「たしか、昭和二十七年に正式に独立した後だから、昭和二十九年か、三十年頃じゃないかしら」

と、ミツ子が、いった。

「久我さんは戦争中、フィリピンの政治家や実業家を、助けてやったので、その見返りとして戦後、製糖工場の会社を贈られたんでしたね？」

「ええ、そうですよ」

「その会社は、どのくらいの、大きさだったんですか？」

「これは、久我さんの自慢だったんですけど、太平洋戦争では、マッカーサーに負けてしまったけど、戦後の仕事の面では一時、俺の会社のほうが、マッカーサーの会社よりも、大きくなって、マッカーサーの会社を、買収しかけたことだってある。そういって、よく、自慢していましたよ」

と、ミツ子が、いう。

「小暮義男さんが、マニラに来た時のことを、教えてくれませんか？」

「ええ」

「小暮さんと、久我さんとの関係が、どんなものだったのか、単なる、仕事のつき合いだったのか、それとも、もっと、深い友人としてのつき合いだったのか、それを知りたいのですよ」

と、十津川が、いった。

「マニラに鉄道を敷こうという話はうまくいかなくって、中止ということになってしまったんです。それで、国鉄の人たちは全員、日本に、帰ってしまったんですけど、小暮さんは、一週間くらい、マニラに留まっていましたよ。なんでも、あの二人は戦争中からのつき合いで、小暮さんの方が久我さんを尊敬していたみたいでした。いつも久我さんにくっついて歩いていて、いろいろな話をしてました」

「その話の内容は分かりますか？」

「全部は、知りませんけど、一つだけ、小暮さんに、悩みがあったことは、知っていますよ」

「それは、どんなことですか？」

「これは、小暮さんご本人から、聞いたんですけど、小暮さんは、戦争中、レイテ決戦から、沖縄決戦まで、出撃する特攻機の、直掩機を操縦していたんですって。その時、君たちの後から、必ず私も行くから待っていてくれと、いって、自分が選んだ、特攻隊員たちを、見送っていたそうなんです。それがいろいろあって、実現できなかった。その後もずっと、小暮さんは、生き延びてきたんです。小暮さんは、そのことに、ずっと悩んでいて、自分は、いったい、どうしたらいいのか、腹を切って、死んだらお詫びになるのか？　それとも、特攻で、死んでいった兵士たちの霊をとむらい続けたらいいのか、それを久我さんに、相談していたみたいですよ」

「それに対して、久我さんは、どう、答えていたのですか？」

「久我さんは、あんな人だから、あっさり、答えていましたよ」

「あっさりって、どんなふうに答えていたんですか？」

「今さら君が、腹を切って死んだところで、誰も偉いという人なんかいないよ。それより、特攻死をした、若者たちは、実社会で働き盛りだったから、彼らが、死んだことで家族が生活に困っているかもしれない。君が一生懸命に働いて、その家族を、経済的に助けてやれば、いいじゃないか。それが、これからの君の役目だと、思う。久我さんは、そんなふうに答えていましたよ。

それと、小暮さんは戦後、毎年、八月十五日になると、自分が、特攻に選んだ人たちの家族に、手紙を送って、この日は、自分は、東京のどこそこにいるから、何か、自分にいいたいこと、頼みたいことがあったら、遠慮なく、ぜひ会いに来てほしい。そういって、ずっと待っていたそうですよ」

「そんなことを、していたんですか？」

亀井が、感心したように、いった。

「ええ。小暮さんが、久我さんに話をしていたのを、聞きましたから。小暮さんは、その時、自分を訪ねてきた家族が、もし、今すぐ、この場で死ねといったら、喜んで死ぬつもりだったとも、いっていましたね。ただ、小暮さんに会いに来てくれる人は、いなかったみたいですね。おそらく、自分に会えば、家族は故人を思い出して、なおさら、悲しい気持になってしまうのがイヤだったんじゃないか？　小暮さんは、そういっていました。代わりに出版社の編集者がやってきて、死ぬところを見せろと、ケンカを売ってきたりしたそうです。

久我さんは、とにかく、一生懸命働いて、人の何倍も儲けなさい。これからは、昔のように、偉いのは政治家とか、軍人とか、そういう人ではない。何といっても、お金を持っている者がいちばん偉い。そういう時代だ。そのお金を使って、いいことをすればいいんだからと、小暮さんを励ましていましたよ」

「小暮さんは、久我さんの話に、納得していましたか？」

「そこまでは、私には分かりませんでした。私は、特攻のことだって実際には、知らないし、フィリピンで、戦争があって、それがレイテ決戦と呼ばれていて、今も有名だとか、そういうことは、何も知らないんです」

と、ミツ子が、いう。

「それで、久我さんは、いつ頃何処で亡くなったんですか？」

十津川が、ミツ子に、きいた。

「十津川さんは、久我さんのことを、調べていらっしゃるんじゃないんですか？」

ミツ子が、逆に、十津川に、きいてきた。

「いや、われわれが本当に、調べているのは、小暮義男さんのことなんですよ。その小暮さんにもっとも、影響を与えた人物ということで、久我誠さんのことも、調べているわけです」

と、十津川が、いった。

「そうですか。それでは、久我さんが死んだ時のことは、ご存じではないですね」

ミツ子が、念を押した。

「ええ、知りません、久我さんについて書いた本があまりないので、よく分からないのですよ。特に、死について書いたものがありません」

「実は、久我さんは八十歳の時、殺されたんですよ」

と、ミツ子が、あっさりと、いう。

「久我さんが殺された？　八十歳というと、四十年以上前になりますね。どこでですか？」

と、いって、十津川が、きいた。

「久我さんが、殺されたのは、マニラ空港です」

と、ミツ子が、あっさりと、いう。

「空港で、殺されたのですか？」

「ええ、そうです。私と別れた後、久我さんが、どういう生活を送っていたのかは知らなかったんですけど、ある時、突然、久我さんが、電話をかけてきて、一緒にマニラに行ってくれないかと、いうんですよ。それで、飛行機に乗って、二人で、マニラに行きました。久我さんは、その時もマニラ市の郊外にサトウキビの会社を持っていて、空港で飛行機を降りて、税関に歩いていく途中で、誰かに撃たれたんですよ」

「それで、久我さんを撃った犯人は、見つかったんですか？」

「それが、とうとう、見つからないままに迷宮入りしてしまって。最初のうちは、マニラの警察も一生懸命、調べてくれていたんですけど、そのうちに捜査本部も縮小されて、捜査を担当する刑事さんたちも調べる気を、なくしてしまったみたいでしたね。ですから、あの時、久我さんが、どこの誰に、どうして、殺されたのか、今になっては何一つ分からないままなんですよ」

と、ミツ子が、いった。

「小暮さんのほうは、その後も、久我さんが殺されるまでは、ずっと、付き合いがあったのでしょうか？」

「さあ、どうでしょうか。ただ、一緒に生活していた時は、小暮さんのことが、心配だとは、いつもいっていましたね」

「どうして、小暮さんのことを、久我さんは心配していたんですか？」

「マニラに小暮さんが来た時のことを、さっきお話ししたでしょう？　マニラで一週間ちょっとぐらいの間、久我さんと一緒に、いたって。久我さんは、それが、悪かったんじゃないかって、ずっと気にしていたんです」

「どうしてですか？」

「久我さんが、小暮さんに、特攻について後悔をすることは、止めなさい。そんな後悔をしたところで、何の意味もない。今、君ができることは、特攻で死んでいった隊員の家族の中に困っている、家族がいたら、経済的に助けてあげればいいんだって、そういっていたんですよ」

「そのお話は、お聞きしましたよ」

「その時は、小暮さんも、肯《うなず》いて聞いてたけど、場所が、悪かったと、久我さんは、いっていましたね。小暮さんは、戦争中、沖縄決戦の時、南九州の、特攻基地から特攻機が出撃するのを、直掩していたんだそうですね。その前は、マニラの海軍基地にいて、マッカーサーが上陸してきて、レイテ決戦が、始まった時には、小暮さんは、マニラの基地から、特攻機が出撃するのを見送って、直掩したり、戦果の確認をしたりしていたんですって。マニラに来て、そのことをまた思い出したのではないかと、久我さんは小暮さんのことを、心配していたんですよ」

と、ミツ子が、いった。

そのあと、こんなことも、十津川に打ちあけた。

「久我さんは、生前豪快に、お金を使っていましたけど、それでも亡くなった時、かなりの個人資産をお持ちでした。遺書があって私は二人だけが知っている記念品を頂きましたけど、遺産の大部分は小暮さんに贈られた筈ですよ。それだけ、小暮さんのことを心配されていたんでしょうね」

「どれくらいの遺産ですか？」

「正確には知りませんけど、一億は超えていたと思います――」

とミツ子は、いった。

第四章　命の担保

1

「久我さんが、小暮さんのことを心配していたとすると、亡くなる前に、何か、手紙のようなものは、残されていませんか？」

と、十津川が、きいた。

「久我さんが亡くなったあと、遺産を小暮さんに遺していたんですけど、マニラに行く前に、まるで自分が殺されるのを、覚悟していたかのように、手紙も書いていて、それを、渡すように、いわれていたんです」

と、ミツ子が、いう。

「どんなことが書いてあったか分かりますか？」

「ええ、だいたいは」

と、ミツ子が答えたのに、十津川はびっくりして、

「どうして、知っているんですか？」

十津川がきくと、ミツ子は、笑って、

「久我さんは、手紙は毛筆で書くんですけど、その時はもう、自分では上手く書けないからと、私が清書したので、内容を覚えているんです」

「その内容を、分かる限り教えて貰えませんか」

と、十津川が、いうと、ミツ子は、少し考えてから、

「明日、もう一度、来て頂けませんか。元になった久我さんの手紙を探し出して、書いておきますから」

と、いう。

十津川はとにかく、お願いして、翌日もう一度訪ねると、約束した手紙が、出来ていた。

見事な筆跡だった。

「拝見します」

十津川は、便箋をめくっていった。確かに前に見た久我の日記と同じ調子だった。

〈私は、他人《ひと》にものを頼んだことがないのだが一つだけ、君に頼みたいことがある。太平洋戦争が始まった時、バカなお偉方が勝手に始めた戦争で、死んでたまるかと思い、自分も、部下も、それに敵もなるべく死なないように、逃げ回っていた。おかげ

で、死なずにすんだのだが、今になって思い出すと、戦争のおかげで日本人がやたらに、命を粗末にするようになってしまった気がして仕方がない。これは、私がいうのはおかしいかも知れないが、戦争に対する反省が全くないせいだと、私は考える。日本人は、ヒロシマ、硫黄島、沖縄とやたらに、悲惨な戦争経験を口にしながら、根は、あの戦争を楽しみ、自慢している。日本軍は立派だった。ゼロ戦は素晴しかった。大和は当時世界一の軍艦だった。あの特攻のことも、美しい英雄とたたえている。どこかおかしいではないか。

こうした記憶を、逆に見ればいかに、命を粗末にしたかということになるのだ。特攻も玉砕も命を軽く見る事は同じだ。私は航空特攻に関係してなかったので、孤島をめぐる玉砕のことしかわからないが、その玉砕については、いつもなぜ玉砕しかなかったのか、不思議で仕方がなかった。だから、玉砕の報告がある度に、こう思っていた。

「太平洋の孤島に捨てられた者たちは、日本が戦っている限り、祖国の空を案じつつ、餓死すべきだったのか、帰還するだけの油を持たさずに、攻撃を命じることは、果して、武士道のどこから出てくるのか。日本の武士道は、こうも将兵の命を軽々しく扱うものなのか」とね。

私は、航空特攻の知識がない。そこで君にお願いする。

特攻については、さまざまな議論があり、本も書かれている。しかし、肝心のことは、記述されず、どの議論、本もつきつめると、一つのことしか書いてないのだ。

特攻は、戦術としては外道だが、若くして死んだ特攻隊員は、称賛すべき英雄である。


この一文で、全てつくされていて、これ以上のことを書いたものは、なかなか見つからない。特攻は現実なのに、なぜかアンタッチャブルで、まるで宗教的儀式のように扱われることさえある。君は海軍で、私は陸軍だが、陸軍にも特攻があった。最後まで命令だったのに、志願だったと嘘をつき通した。阿南陸軍大臣にいわせると、天皇陛下にご心配をおかけしまいとして、という。

こんなこともあって、特攻という言葉は、日本人全部が知っているのに、わからないままのことが多いのだ。私は、これでは戦争になれば、再び特攻が復活するのではないかという恐れを、持ってしまう。あってはならないと、私は思っている。太平洋戦争の時のように、人命を粗末にするのは、次の戦争では、許されないからである。

アメリカと、共同戦線を張ることになったら、なおさらである。アメリカは、恐らく、特攻について「特攻は上からの強制によるもので人道に反している」と決めつけるに違いないからである。

そこで君に、特攻とは、何だったのかを調べて欲しいのだ。

特攻を最初に考えたのは、誰でいつなのか。

その時、特攻で日本が勝てると思ったのか。

なぜ、反対の声が生れなかったのか。

なぜ、途中で中止することを考えなかったか。

冷静に見て、特攻は成功だったのか。

特攻を実現させたのは、日本人の国民性なのか。

こうしたいくつかの疑問への答が欲しいのだ。私は、君に無理強いはしない。日本の将来を考えて、君が協力してくれることを祈る〉

長い手紙である。

「それで、小暮さんは、久我さんの頼みを引き受けたんでしょうか？」

と、十津川が、きいた。

「引き受けられたと思いますよ。久我さんは、ほっとした顔をなさっていましたから」

と、ミツ子はいう。

しかし、小暮がどう調べたのか、調べたとしたらその結果をどんな形で残したのかが、わからない。

十津川は、小暮の息子で、金沢駅の助役をやっている小暮俊介や、居酒屋「かなざわ」の今のママの牧原愛子に会い、小暮のファンだったという彼女の母親のことも聞いているが、小暮が、特攻について調べていたという話はなかった。

しかし、何も調べなかったとは思えない。何しろ小暮自身が戦時中、海軍航空隊の中尉で、特攻に関係していたからである。

(久我の頼みを聞いて、特攻について調べていたことは、間違いない)

と、十津川は、確信した。

問題は、調べた結果である。今まで十津川は、ノートといったものは見つけていない。

それに、息子の俊介や、つき合いのあった居酒屋「かなざわ」のママたちは、それらしい話を聞いていないから、小暮は周辺の家族や知人には、内緒で調べていたのだろう。

(小暮義男は、どんなところから、調査を始めたろうか?)

と、十津川は、考えてみた。

小暮は終戦の時、海軍中尉だった。

海軍は陸軍に比べて、家庭的で、戦後も元士官同士、つながりが強かったと、聞いたことがある。

とすれば、小暮は当然、戦時中の将校仲間と会って、特攻について話を聞いていたに違いない。

問題は、その結果を書いたノートや、テープはないのだろうか。それが見つからないと、捜査が進まない。

幸い、小暮と海兵の同期で、九十歳を過ぎた今も、元気な人がまだ何人か健在だった。

その一人、小暮と同期の田宮君平《くんぺい》が、札幌にいると聞いて、十津川はすぐ、東京へ戻り、羽田から亀井刑事と飛行機に乗った。

2

田宮は、札幌郊外のマンションに、息子夫婦と住んでいた。小柄だが、耳も眼も大丈夫だという。

「小暮義男さんと、海兵の同期だそうですね」

と、十津川がいうと、

「彼が亡くなって寂しいね。話相手がいなくなった」

と、いう。

「よく会っておられたんですか？」

「私が、航空自衛隊にいた頃は、なぜか敬遠していたのに、このところ二、三年に一度は会って、昔話をしていたよ」

「どんな話を、されていたんですか？」

「そうだね。特攻の話が多かったな」

「小暮さんは、九州の特攻基地にいたと聞いていますが、田宮さんも、特攻に関係されていたんですか？」

「いや、私の三つ違いの兄が、特攻で死んでいるんだ。小暮は、やたらに、その兄のことを質問していたね」

「小暮さんは、その話をノートか何かにつけていましたか？」

「いや。テープにとっていたよ」

と、田宮は、いう。

「お兄さんは、いつ、どこで亡くなられたんですか？」

「海軍の最初の神風特別攻撃隊は、関大尉の敷島隊だが、兄はそのあとで、亡くなったのは沖縄だ」

「どんな話を、小暮さんとなさったんですか？」

十津川がきくと、田宮はやおら奥の部屋から兄の写真を持ってきて、二人の刑事の前に置いた。

正装の軍服姿、九州の基地でのパイロット姿。

「どんなお兄さんだったんですか？」

と、亀井が、きいた。

「そうだな。どちらかといえば、冷静で海軍軍人には珍しく、上官にも食ってかかる方だったね」

「海軍には珍しいんですか？」

「海軍は陸軍に比べて上意下達が強くて、一期違うだけで、先輩には抗わないところがあるんだ。その点、兄は珍しく、上司にも平気で嚙みついた」

「小暮さんは、そんなお兄さんに、興味を持っていたようですか？」

「海軍の最初の特攻は、アメリカ軍がフィリピンのレイテに上陸してきた時に、行われたんだ。大西中将がフィリピンの基地にやってきて、現地の司令官や基地司令を集めて、特攻を実施すると告げた。その時、私の兄もフィリピンの基地にいて、大西中将にも会っている」

「この時は、お兄さんは、特攻には指名されなかったんですね」

「そうだ。この時、決まったのは、関大尉たちの敷島隊だ」

「小暮さんは、最初の特攻にも関心を持っていましたか？」

「あの時、大西中将が東京から乗り込んで来て、フィリピンの基地にいた現地の司令官や飛行隊長を集めて、今の日本には、飛行機に爆弾を積んで、敵艦に体当たりする以外に方法がないと主張してね。つまり、神風特別攻撃隊だよ。突然の命令で、基地内は騒然となったといわれている。この時の大西中将と現地司令官との話し合いと、特攻に意見が統一される経緯は、今や伝説化されていて、さまざまにいわれている。現地司令官が反対したのに対して、大西中将は、今や劣勢な日本軍には、航空機に爆弾を積んで、敵艦に体当たりする以外に戦う方法がないと、説明し、やっと納得させたという話もあるし、反対意見に対して、大西中将が激怒して、反対する者はおれが叩き切る、と怒鳴ったという話もあってね。やはり突然、持ち出された特攻について、最初はかなり反対もあったし、混乱もあったと聞いている」

「その時は、反対意見がいえたんですか？」

「そうだが、反対意見といっても、技術的なことはいえても、精神的な反対はいえなかったと、兄はいっていた。怖いのかといわれるのが嫌だったんだよ。日本の軍人は、怖いのかとか、卑怯と決めつけられるのを一番恐れていたからね。戦闘機乗りの中には、命が惜しいのかといわれるのが嫌で、落下傘を積まずに出撃する者が多くて、そのために、死亡するパイロットが多かったからね」

「お兄さんが、特攻を命じられて、亡くなる前後の話を聞かせてくれませんか」

と、十津川は、いった。

「兄は、特攻で死ぬことに、ためらいはなかったといっていた。ただ、特攻について廻った嘘については、腹を立てていたね。嘘という言葉が悪ければ、日本人特有の本音と建前がね」

「どんな形のものですか？」

「当時の新聞を見ると、特攻隊員は、みんな笑顔で写っている。兄にいわせると、翌朝出撃が決まると、明るい中はみんな笑顔でいるが、夜になると、一変して、みんな黙りこくって、重苦しい空気になるといっていた。あの雰囲気は、耐えられないと兄は、いっていた。当たり前だよ。何時間後には死ぬんだから。自分を納得させるのが、難しいんだともいっていた。それに、特攻が続くと、緊張感がなくなって、翌日の特攻の名前を書いて貼り出すだけになっていくらしいんだ。その特攻隊員が出撃すると、次の隊員の名前を書く。その繰り返しになってくると、死までが、日常化してしまうと、兄はいっていた。それが一番怖いともね」

「死が日常化するというのは、どういうことなんですか？　私は、死ぬことを命令されたことがないので実感がわかないんですが」

十津川が正直にいうと、田宮が笑って、

「それが正常なんだ」

といい、田宮は、兄が特攻で死ぬまでに話したことを、メモしておいたものを見せてくれた。

「いつか、兄の遺言になるかもしれないと思ってメモしておいた」

という。

達筆な日常会話のようなメモなので、田宮の説明が必要だった。

〈深夜に格納庫で物音。犯人判明するも、怒る気になれず〉

「この頃、兄は特攻隊の直掩をやっていたんです。深夜に、格納庫で怪しい物音がするというので、調べに行ったそうです。そうしたら、明日特攻出撃する操縦士が、乗る飛行機に、盛んに小石をぶつけていたというんです。小石がエンジンに入って故障すれば、明日の出撃は、中止になりますからね。兄は、その犯人を捕える気にならなかったというんです」

〈特攻そのものの意味〉

「最初の特攻といわれる敷島隊の関大尉の時は、慎重でした。出撃しても、標的が見つからなければ基地に帰り、再度出撃しています。関大尉の部隊は、二回か三回、出撃を繰り返しているのですが、連日のように特攻出撃があると、特攻にも慎重さがなくなっていくんです。戦果の確認は、直掩機がやるんですが、アメリカ側の防衛態勢が固くなると、直掩機も撃墜されて、戦果の確認も難しくなってきます。そうなると、特攻自体が目的化してしまうのです。特攻機も直掩機も帰って来ないと、戦果は確認できないのですが、特攻機は、敵艦に体当たりしたものとして、二階級特進としてその特攻隊員は、英雄としてたたえられるのです。冷静に、特攻の効果を計算すべきなのに、上の方は形にばかり捕われていると、兄は怒っていましたね。兄のいた基地では、こんな奇妙な命令が出たことがあったというのです。特攻は、爆弾を積んで出撃するんですが、途中で落してしまうことがあるんです。戦闘機に重い爆弾を積むわけですから、そうした故障が起きるわけで、この場合は当然いったん基地に帰り、もう一度爆弾を積み込んで、出撃することになるのですが、この時、爆弾を失ったら、そのまま敵艦に突入せよ、という命令を出しているのです。爆弾なしの体当たりが、果して効果があるかどうかわかりませんが、この命令は、明らかに特攻があれば、その効果は問題にしなくていい、といっているのです。これをどう考えたらいいのか。特攻以外に、アメリカと戦う方法は考えられないとして、特攻に踏み切った筈なのです。特それなのに、爆弾なしでも構わない。特攻を一つの戦術と考えれば、明らかに堕落です」

〈酒は不可〉

「特攻出撃の写真を見ると、必ず出撃する隊員に、基地司令が杯を与えるところが写っています。兄にいわせると、あれこそ無意味な儀式だといっていましたね。出撃する若い隊員は、緊張していて、酒がのどを通らないことが多く、気分が悪くなる者もいるのです。出撃の時、隊員が本当に欲しいのは、のどをうるおす水だと兄はいっていましたね。自分が特攻出撃する時は、紅茶を飲みたいといっていました。その願いがかなったかどうかは、分かりません」

〈華やかな最後〉

「死を覚悟し、納得させた特攻隊員が、最後に望むのは、華やかな死です。昔から、若者は同じ願いを持っています。死ぬのは怖くないが、みじめな死は嫌だと、若者はいいます。特攻の時は、最新鋭の飛行機に乗せてやりたいと兄はいつもいっていました。それを練習機に乗せて、出撃させるなどもっての外だと兄は怒っていた。練習機は、武装もゼロに近いし、スピードも三百キロは出ない。その練習機に、二百五十キロの爆弾を積んだら、二百キロのスピードも出ない。アメリカのグラマンF6Fなんかに見つかったら、絶対に逃げられない。最初から死に追いやるようなものだと兄は怒っていたが、私も同感だ。他の士官の中には、特攻について最初は第一線機を使っていたのに、ここにきて二回も練習機を使っているが、これは作戦の変更なのかと、疑問を呈する人もいた」

〈特攻を命じた者の責任〉

「兄は、特攻で死にました。が、終始、特攻に批判的でした。私も兄と同じ疑問を持っていました。その疑問は、人間が人間に対して、死ねと命令できるかということです。生きろと命じることは、人間の領分ですが、死ねと命じるのは、神の領分じゃないかという疑問です。それなのに、今回の太平洋戦争では、平気で上司が部下の将兵に、死ねと命令している。そのことに後めたさを感じる少しは優しさのある上司は、特攻を命じたあと、必ず『私も必ずあとから行く』と約束しながら、その約束を果たす上司は少ない」

「それです」

と、十津川が、いった。

「何が？」

と、田宮が、きく。

「小暮義男さんが、殺された事件を捜査しています」

「それは知っている」

「その小暮さんは、九州の特攻基地で、小隊長として、司令から特攻隊員の指名を委《まか》されていたといわれます。補佐とはいえ、自分たちが指名した特攻隊員の出撃を見送る時、必ず『私も必ずあとから行く』と、声をかけていたというのです。しかし戦後、小暮さんは、その約束を果たそうとした形跡は、ありません」

「私は小暮らしくないなと思って、不思議だったんだ。あいつは誠実な人間だから、自分が約束したことを守って、戦後自刃するだろうと思っていたからね」

「そうですか。小暮さんが、自刃すると思っていましたか」

「例えば、特攻の生みの親といわれた大西中将は、終戦の直前、自刃している。しかし、『必ずあとに続く』と約束しておきながら、平気で戦後を生きている上司もいた。が、小暮は違うと思っていたんだ。私たちが止《と》めても、約束を守って自刃すると思っていた。私個人としては、彼が生き続けてくれることは嬉しいんだが、いつも違和感を持っていた」

「それでは、小暮さんにその理由を、聞いたことがあるんですか？」

「そんなことを、面と向かって聞ける筈がないだろう」

と、田宮が苦笑する。

「それでも、理由を聞かれたんじゃありませんか？」

十津川は、食いさがった。

田宮は黙って宙を見すえていたが、

「小暮が生前に、私にいったことがある」

と、いう。

「どんなことを、小暮さんはいったんですか？」

「これは、担保なんだと彼はいっていた」

と、田宮がいう。

「何が何の担保なんですか？」

「自分が特攻で死んだ隊員に約束したことだよ」

「必ず、あとから行くという約束ですか？」

「そうだよ」

「よくわかりませんが、小暮さんはその約束を破って、戦後も死なずに生きてきたわけでしょう？　約束を守らず、自刃しないことが、何かの担保になるんですか？」

「私にも分からんよ。だが、小暮はそういったんだ。私は、それ以上の質問はしなかった」

「しかし、小暮さんは死んでしまった。殺されてしまいました。彼は、死ぬ前に何かしようとしていたんでしょうか？　担保云々というわけのわからんことですが」

「私もそんな風に考えているんだが、分からん」

と田宮は繰り返した。

3

十津川は、田宮に自分の名刺を渡し、「担保」について何か分かったら、すぐ電話してくれるように頼んでから、亀井と大阪行きの寝台特急「トワイライト　エクスプレス」に乗った。

東京に帰るのではなく、金沢行きを選んだのである。

殺人事件解決のポイントの一つが、金沢だと信じているからである。

翌朝、二人は、金沢駅に着いた。

金沢駅の玄関口は、軽合金を使って、超モダンな造りに変貌した。が、よく見れば超モダンの中に、古都の面影も残している。

その金沢駅は、今、北陸新幹線のホームを作るべく、作業の真っ最中である。

十津川たちは、まず駅前のホテルにチェックインした。

そのあと、東京の三上本部長に電話して、北海道の捜査の結果を報告してから、ホテルの外で、二人で遅い朝食をとった。

「やはり、気になるのは田宮がいった『担保』ですね」

と、箸を動かしながら、亀井がいう。

「しかしね。死んでいった特攻隊員に向って小暮は、後に続くと約束しておきながら、戦後も死ななかった。どう考えても、マイナスの要素だよ。そんなものが、何かの担保になるとは、とても考えられないんだがね」

と、十津川が、いった。

どうしても推理が前進しないから、口数も少なくなってくる。

ホテルに戻り、ルームサービスでコーヒーを運んで貰い、そのコーヒーを飲みながら二人は、難しい推理をたたかわせることにした。

「もう一度、被害者、小暮義男について考えてみよう」

と、十津川が、いった。

「彼は、金沢の生れで戦時中は海軍に入り、中尉としてフィリピン、九州と基地を移り、小隊長として、特攻隊員を指名し、出撃を見送り、その時『私もすぐ君たちの後に続く』と約束しているが、自刃はしなかった。戦後は国鉄に入り、金沢駅の営業課長となり、北陸新幹線に関わる利権を告発した。彼の息子俊介は、現在、金沢駅の助役である。十二年前には、妻を失っている。十年前、突然、東京都江東区内のマンションに引っ越している。東京での生活は、はっきりしないが、海兵の同期生、田宮や、金沢時代は、陸軍中将、久我誠と親しくつき合っていたことは分かっている。そして、先月八月十五日、何者かに扼殺されたが、今までのところ、容疑者も殺人の動機も、不明である」

「その後、分かったこともあります。亡くなった久我誠が、一億円を超す遺産を小暮に残していたこともその一つです」

「久我誠は、その遺産と同じく、小暮宛てに遺書というか、手紙も残していた。それは特攻のことだ」

「その手紙を受けて、小暮は、友人の田宮を訪ね、特攻についていろいろと聞いています」

「それに関して、あの『担保』の言葉が出てきて、私たちを困らせている」

「これから、もう一度小暮の息子夫婦に、会ってみた方がいいでしょうね。担保について、何か分かるかも知れませんから」

「それから、居酒屋『かなざわ』のママにも会ってみたいね」

と、十津川が付け加えた。

彼等が「担保」の謎に答を出してくれるかどうかは分からない。しかし、今のところ十津川は、彼等以外に助けを求める相手を知らなかった。

4

午後、十津川は、小暮義男の息子夫婦に会うことにした。

息子の小暮俊介も、その妻美津子も、あまり協力的ではなかった。

十津川が、小暮の生き方についてきくと、俊介は、

「東京に行ってからの父とは、殆ど会うこともありませんでしたから」

同じ質問について、俊介の妻の美津子は、

「義父は、何か忙しそうで、あまり電話などで、連絡をとることもありませんでした」

と、いう。

「今、奥さんは、小暮さんが何か忙しそうだったと、いわれたが、八十歳を過ぎてからでしょう？　普通なら余生を楽しむ年齢だと思うんですが、いったい、何が忙しか

ったんでしょうか？」

と、十津川が二人に、きいた。

「私にはわかりません。今も申し上げたように、晩年の父とは、殆ど連絡がありませんでしたから」

と俊介がいい、妻の美津子も、

「たまに電話をしても、義父は、家にいないことが多かったんです。何をなさっていたかは知りませんでしたけど、そんな具合で、自然に連絡をとることもなくなってきてしまって」

「それでは、小暮さんが亡くなった、それも殺されたと知らされた時は、びっくりしたんじゃありませんか？」

十津川が、きいた。

「連絡はあまりとっていませんでしたが、父は他人に恨まれるような人じゃなかったし、ひとりで東京に住むようになってからも、悠々自適の生活をしていると思っていましたから、警察から殺されたと聞いた時は、わけがわかりませんでした。そんな死に方をするとは、全く考えていませんでしたから」

と俊介は、いった。

「私も同じです。義父が殺されるなんて、全く考えていませんでしたから」

と、俊介の妻が、いう。

夫婦が嘘をついているとは、思えなかった。思い当たることがないというのは、本当だろう。

晩年の父、小暮義男と殆ど会わなかったというのも、嘘はないと、十津川は思う。息子夫婦が冷たいとも思わなかった。多分、小暮の方が迷惑をかけまいと意識して、息子夫婦から遠ざかっていたに違いないからである。

(やはり、小暮には、何か期するものがあったのだ)

と、十津川は、思った。

それは「担保」に関係のあることだったに違いないと思う。

それは、同時に、久我誠が遺書に似た手紙で頼んだことに違いない。

「小暮さんは、お二人に戦争の話をしませんでしたか?」

と、十津川が、きいた。

俊介夫婦は、顔を見合わせてから、

「たまには、戦争の話をしていましたが、東京に引っ越してからは、会うことも少なかったですし、戦争の話は、しませんでしたね。多分、私たちが戦後の人間だから、話しても分からないと思ったからじゃありませんかね」

と、俊介が、いった。

「お二人は、お父さんから『担保』という言葉を聞いたことはありませんか？」

十津川は、間を置いて、いきなり二人にきいてみた。

「タ――、なんですか？」

「タンポって何でしょう？」

二人が同時に、きき返してきた。

二人とも明らかに戸惑っていた。

もし二人が亡くなった小暮義男から折りにふれて「担保」という言葉を聞いていたら、こんなリアクションは見せないだろう。

（やはり、小暮は、息子夫婦に迷惑をかけまいとして、わざと疎遠になり『担保』という言葉は聞かせなかったのだ）

十津川は、改めてそう思った。

（だとすれば居酒屋『かなざわ』のママなんかの方が、小暮の本音を聞いているかもしれない）

5

夜になるのを待って、十津川と亀井は、駅近くの居酒屋「かなざわ」に出かけた。

今のママ、牧原愛子はいたが、小暮義男と親しかった元ママの牧原良子の姿はなかった。

もし、小暮が大事な話をするとしたら元ママの方だろう。そう思って十津川は、

「牧原良子さんに会いたいんですが」

というと、

「十二時の看板になったら、今日の会計をしに来る筈です」

と愛子が、いう。

明日にしようかと思ったが、一刻も早い解決が欲しかったので、十津川は十二時まで粘ることに決めた。

牧原良子は、十二時少し前にやってきた。愛子が、十津川たちを、母親に紹介した。

十津川と亀井の他に客の姿は無く、良子は、ちょっと驚いた顔になった。

「今日は仕事で、待っていたんです」

と、十津川はいった。

良子は勘よく、

「仕事なら小暮さんの件でしょう？」

と、いう。

「少し時間がかかるけど、構いませんか？」

「それなら、表を閉めてしまって」

良子が、愛子にいった。表の扉を閉めてカギをかけてから、

「私もね、小暮さんが誰に、どうして殺されたか知りたいんですよ」

「小暮さんが、東京に引っ越してからも、つき合っていたんですか？」

と、十津川が、きいた。

愛子がコーヒーをいれてくれて、それを一口飲んでから良子が、

「東京に引っ越してからも、小暮さんは、時々、金沢にやって来て、その時には会っていますよ」

「東京に、どうして引っ越したんですかね？」

「私には、人探しだといっていましたよ」

「人探し？　女性ですか？」

「いや、元海軍の軍人さんだといってらっしゃった」

「海軍の軍人ですか？」

「ええ」

「田宮という名前じゃありませんか？　小暮さんと海兵の同期で、北海道に住んでいる人ですが」

「それなら違いますよ。自分より偉い人で、戦時中なら海軍では、傍にも寄れなかっ

たそうですよ」

「小暮さんは、その人に会いたがっていたんですか？」

「ええ。とにかく会いたい。おれも年齢《とし》だから何とかして早く会わないと、おれが死ぬか向こうが死んでしまうから、一刻も早く会いたいんだと」

「その軍人の名前は、わからないんですか？」

「確かエグチとか、エガワとか、小暮さんはいってたんだけど、どうしても思い出せなくて――」

「小暮さんはその偉い元軍人さんを、何の用で探していたんですか？」

「わかりません。そういうきわどい話になると、彼は他の話にしちゃうんですよ。多分、私に迷惑になることだからでしょうね」

　と、良子は、いう。

　十津川は、粘った。

「何とか、小暮さんが、会いたがった、元海軍軍人の名前と、何の用があったのか、知りたいんですが、何か手がかりでもありませんか？」

「怒ってましたよ」

　と、良子が、いった。

「怒っていた？」

「ええ。その話をする時、小暮さんは本気で腹を立てているのがわかりましたね。小暮さんは、やさしい人なんだけど、その話の時だけは、間違いなく怒ってましたよ」

「どんな話で、なぜ怒っていたんですかね？」

「多分、戦争のことだからだと思いますよ」

と、良子がいった。

「太平洋戦争――ですね？」

「ええ。当たり前でしょう。小暮さんは、自分のことを話してたんですけど」

「戦争に対して怒っていたんですか？　それとも彼が探していた元海軍軍人に対して、怒っていたんですか？」

「どっちって？　違いますよ。両方に対して怒ってたんですよ。そんな時、私に話しても無駄だと思ってたのか、ひとり言みたいな喋り方をするんで、よく聞こえなかったりで、よく覚えてないんです。ごめんなさい」

「では、小暮さんから『担保』という言葉を聞いたことはなかったですか？」

と、十津川がきいた。

「タンポって何ですか？」

と良子がきく。

（良子も小暮から「担保」という話を聞いていないのか）

と、十津川は、半ば失望を感じた。

代わりに、亀井が、いった。

「小暮義男さんは、戦時中、フィリピンや九州の航空基地で主として、特攻隊員を送り出したり、直掩機の操縦に当たっていました」

「それは、聞いていますよ」

「彼は、特攻隊員を送り出すとき、『私も、君たちの後から必ず続いて行く』と声をかけていたといいます。しかし、戦争が終わってからも自刃せず、生き続けてきたんです。それを裏切りと非難する人もいたし、卑怯者と罵倒する人もいました」

「それも知っていますよ。非難する投書を、見せて貰ったことがあるから」

「つまり、大事なことで嘘をついた。嘘つきと批判されたことは、小暮さんにとっては弱味というか、痛い傷跡の筈なんですよ。ところが生前の小暮さんは、『これを担保にして一仕事する』みたいなことを、いっていたんです」

「それがタンポなのね？」

「そうです。小暮さんから、同じような話を聞いたことがありませんか？」

亀井が、きいた。

「タンポというのは、聞いたことはありませんけど、今から考えると、似たようなことを聞いたことがありますよ。同じ話かどうか、わかりませんけども」

「その話を、ぜひ聞かせてくれませんか」

と、十津川が、いった。

「ちょっと待って下さいよ。いつ聞いたか、どんな話だったか、今思い出しますからね」

良子がいい、バッグから煙草を取り出してくわえた。

そのあと火をつけずに、くわえていたが、そのまま傍の灰皿に捨てて、

「いつだったか、忘れてしまったけど、特攻の話を小暮さんが話してて、何人も死なせてしまったというんで、全て、戦争のせいなんだから、あんまり悩まない方がいいわって、いったんですよ」

と、良子が、いう。

「その時、小暮さんは、なんといってましたか？」

「そしたら、小暮さんたら、急に笑って、いったんですよ。弱味だって、使い方によっては武器になるんだって」

と、いって、良子は笑い、

「ね？　ちょっと似てるでしょ？　あんたのいうタンポの話と」

「いつも、そんな話をしてたんですか？」

十津川がきくと、良子は、強く首を横にふって、

「そんな辛い話を年がら年中してるわけがないでしょう？　いつもは、もっと楽しい話をしてますよ。旅行の話とか、お酒の話とか。今の話は一度か二度ぐらいしかしてないから、思い出すのに、手間どったのよ」

十津川が更に質問を続けようとすると、良子は、今度は、手を激しくふって、

「もう、こんな暗い、重たい話は、止めましょうよ。そうだ。亡くなった小暮さんの冥福を祈って、飲みましょうよ」

娘の愛子に命じて、酒の用意をさせたり、酒の肴に、簡単な料理を作らせたりし始めた。

そうなるともう牧原母娘から、小暮の話を聞くどころではなかった。

6

十津川は、金沢から東京に戻った。

間もなく、東京—金沢間を、北陸新幹線が走ることになるのだが、今は米原まで特急に乗り、米原から東京へ、新幹線ということになる。

東京の捜査一課に戻ると、十津川は、防衛省に行き、旧海軍の資料を見せて貰うことにした。

終戦時に、生存していた将官の名前と、取調内容である。

しかも、小暮海軍中尉より上位にいる将官である。

いつも、十津川は、日本軍部の組織を見るたび、奇妙な気分になっていく。

軍の組織が、一本になっていないのである。

陸軍にも参謀本部がある。同じように、海軍には軍令部がある。その他に海軍には、海軍省があり、陸軍には、陸軍省がある。

海軍省には、海軍大臣がいる。海軍の予算は海軍省が握り、その筆頭の将官が、海軍大臣である。

ところが、海軍省とは別の組織として、軍令部が存在するのである。陸軍も同じで、陸軍省と独立した参謀本部が存在する。

海軍の軍令部は、海軍省とは独立した組織で、どこに所属しているかといえば、天皇に直属しているのだ。

これが、日本の軍隊のガンだという人もいた。

海軍省の考えとは、別の行動を取ることが出来たからである。

十津川は、この軍令部に注目した。

軍令部には、第一部と第二部があり、日本海軍が敗勢に追い込まれていた頃、第二部長の小島少将は、特攻兵器ばかり考え、完成させていた。

ロケット兵器　桜花
人間魚雷　回天
などである。

桜花は、ロケット爆弾で、一式陸攻という攻撃機に現場まで運ばれ、敵艦に近づいたところで、母機から外れて、まっすぐ、敵艦に体当たりする決死ではなく、必死の兵器である。この兵器の欠点は、ロケットに点火して、飛んでいる時間が、二、三分しかないことだった。当然、敵艦まで自力で行くことが出来ないから、一式陸攻という攻撃機で運んでいく。しかし、この攻撃機ごと撃墜されてしまうと一度に七、八名の飛行士を失ってしまうのである。

人間魚雷回天は、日本海軍自慢の大型魚雷に操縦装置をつけ、人間が操縦して敵艦に体当たりする。一度発進したら、魚雷だから後退することは、出来ない。

この特攻兵器が作られたのは、航空特攻が実行された昭和十九年十月より、一ヶ月も前なのである。

しかも軍令部第二部が、特攻兵器を作り、第一部が特攻作戦に使用する命令を出しているのだ。

日本の海軍組織を考えると、軍令部第一部長が、特攻の命令を出していたことになる。

その部長の名前は、井口海軍少将だった。

第五章　特攻神話

1

　十津川は、特攻について何冊かの本を出しているM大学准教授の小田淳一《じゅんいち》から話を聞くことにした。今回の殺人事件の被害者・小暮義男が、戦後も、特攻に絡んでいると、分かった以上、問題の特攻についての正確な知識が、必要だと思ったからである。

　M大学に問い合わせをすると、今日の午後一時から神田のN書店で、小田がサイン会を開催するというので、十津川は、亀井を連れて、神田まで会いに出かけた。

　小田のサイン会が終わるまで、十津川と亀井は、近くの喫茶店で待っていて、その後、小田から話を聞いた。

「今回、私たちが捜査を担当した殺人事件は、太平洋戦争中の特攻と、関係があるということが分かりました。小田先生と会う前に、特攻について書かれた本を、何冊か読んでみたのですが、特攻については、今でも、いろいろな議論があるようですね？」

　十津川が、いうと小田は、

「そうなんです。特攻の問題というのは、日本の国内だけには留まらず、国際的な問題でもあるんですよ。一つの国の軍隊が、正式な作戦として特攻という戦い方を選んだのは、世界中でも、日本の軍隊だけなのです。その日本でも、戦争の末期になるまでは、特攻という作戦を、実行に移したことはなかったのです」

「そういえば、太平洋戦争の始まりは、ハワイの真珠湾攻撃だったわけですが、その指揮を執った、連合艦隊司令長官の山本五十六は、特攻のような生還の可能性のない戦術については、断固として許可を与えなかったようですね？」

「そうですよ。真珠湾攻撃の時、海軍は特殊潜航艇での攻撃を、山本司令長官に要望したのです。それは、ハワイの真珠湾に潜航していって、敵艦を沈めるという作戦でした。しかし、この攻撃では、搭乗員が生還できる可能性がない、といって、山本五十六は、その許可をずっと、与えなかったといわれています」

「それが、どうして、特攻に踏み切ったんでしょうか？」

「勝利が続いている間は、全く海軍も陸軍も特攻など考えなかったと思われます。ミッドウェイで、海軍が惨敗したあと、敗北が続くようになりました。その上ゼロ戦も、アメリカの新鋭機の前に、かつてのような無敵ではなくなった。つまり何をやっても上手くいかない。そうなると、『作戦の外道』と批判していた特攻にも、止むを得ず手を出したということでしょうね」

と、小田が、いった。

「特攻の始まりは、フィリピンのレイテ決戦からといわれていますね？」

「そういわれています」

「そういわれている――ですか？」

「そうです」

「しかし、特攻は、生死が、はっきりしているわけでしょう。それなら、全てが明らかになっていなければ、おかしいと思いますが」

「それが、何故か、さまざまな説があるんですよね」

と、小田が、いった。

そして、小田は、鞄から資料を取り出すと、熱心に話し始めた。

2

やはり、最初の舞台は、フィリピンだった。

昭和十九年の十月、アメリカ軍がフィリピンに、進攻してきた。マッカーサーの率いる、総勢二十万二千五百人という大部隊である。

マッカーサーは、太平洋戦争の初め日本軍に追われて、フィリピンから、オーストラリアに逃げた。その時、有名な「アイ・シャル・リターン（必ず戻ってくる）」という言葉をいい残して、オーストラリアに、撤退したのだが、ここに来て、その約束を守るとして、フィリピンに進攻してきたのである。

マッカーサーの上陸部隊を、掩護するために、ハルゼーの機動部隊が、フィリピンの沖合に、進出してきたのだが、この機動部隊の編制が、ものすごい。大型空母九隻、軽空母八隻、戦艦六隻といった大部隊であり、しかも、何よりもすごいのが、艦載機の数だった。

一度に、千機の艦載機を動かせるという巨大な機動部隊で、この機動部隊が掩護するマッカーサーの上陸部隊は、レイテ島に上陸してきたのだが、それを迎え撃つ日本軍は、たちまち米軍の航空機、火砲、戦車などに圧倒されて、ジャングルの中に押し込まれてしまった。

このままで行けば、遅かれ早かれ、フィリピンは、アメリカ軍に、占領されてしまうだろう。そうなると、日本本土と東南アジアの真ん中に、アメリカ軍の基地ができてしまうことになり、せっかく占領した東南アジアからの石油、鉄、アルミニウム、天然ゴムなどの資源を、日本本土に運ぶことができなくなってしまう。そうなれば、日本にとって、大きな痛手になることは、間違いない。

そこで、日本の連合艦隊は残りの艦船を集めて、最後の決戦を挑むことになった。

しかし、それまでに、連合艦隊は、ミッドウェイで大敗北を喫し、続くガダルカナルの攻防戦でも敗れて、多くの艦船と、何よりも、多くの飛行機とベテランのパイロットを失っていた。

フィリピン沖でアメリカの機動部隊と戦おうとする連合艦隊は、あの戦艦大和と姉妹艦の武蔵などを、まだ所有していて、空母も四隻持っていたが、その空母四隻に積んである艦載機の数は、わずかに百十六機だった。まともに戦って勝てる相手ではなかった。

そこで、日本は、艦隊を、三つに分けて相手を罠にかけることにした。

第一は、第三艦隊司令長官の小沢が指揮をする小沢艦隊。これには、大型空母一隻、小型空母三隻が配備されたのだが、それに、載せている艦載機は、わずかだった。

第二は、西村中将率いる西村艦隊。

第三は、もっとも強力な、栗田艦隊である。ここには戦艦大和、戦艦武蔵、さらに、もう三隻の戦艦が入っている。

豊田連合艦隊司令長官が考えた作戦は、小沢艦隊が、アメリカのハルゼー機動部隊を、引きつけるというものだった。それが成功して、ハルゼーが追いかけてくれば、その隙をついて栗田艦隊と西村艦隊が、レイテ湾に突入し、上陸しているアメリカ軍や輸送船や護衛の艦船を、大和や武蔵の巨砲で、殲滅《せんめつ》するという、作戦だった。

もし、この作戦が成功すれば、レイテ島に上陸したマッカーサーのアメリカ軍は、たちまち孤立してしまうに違いない。豊田司令長官の狙いは、まさに、その一点にあった。

ただ、小沢艦隊の空母に載っている艦載機の数は、わずかである。そこで、フィリピンのマニラ周辺にある、海軍の航空基地にいる航空機の力を借りる必要があった。

ところが、レイテ沖の大海戦を目前にして、あろうことか、作戦上のミスから陸上にいた海軍機の大半を失ってしまうのである。まさに、絶体絶命のピンチといってもいい。

この時、フィリピン全域を受け持っていた第一航空艦隊の指揮官は、寺岡中将である。

これは、ダバオの水鳥事件と呼ばれる失態である。源平合戦で水鳥の羽音に驚いて逃げた平家にたとえられるのだが情けない話である。

敵がフィリピンに進攻してきたということが分かっていて、ダバオの基地でも、緊張があふれていた。

その時、見張りの兵士が、アメリカ軍の上陸を伝えた。これは、風で波頭が白く泡立っているのを間違えたのだが、基地の司令官は、慌てて、ダバオ基地に配備されていた航空機を全て、一時的にフィリピンの中部にある飛行場に移動させた。

ところが、誤報と分かって、航空機を、もう一度、ダバオ基地に戻そうとしていたその時に、アメリカ軍の艦載機に襲われ、百二十五機もの航空機を、一気に失ってしまうのである。

その他、警戒中の基地の中で、敵機が見えたという、見張員の警告が、あったにもかかわらず、ちょうどその時間に、味方の輸送機が到着することになっていたので、警報を無視して戦闘機が離陸せず、味方の輸送機を待っていたところ、敵の艦載機が襲いかかってきて、八十機を超す航空機を失ってしまうのである。

こうした作戦の手痛いミスによって、第一航空艦隊では、百五十機あったゼロ戦が四分の一以下の三十四機にまで減ってしまい、ほかの爆撃機なども、その多くを、失ってしまった。

この失態で第一航空艦隊の司令長官、寺岡中将は更迭され、大西中将が、新しい司令長官として着任した。レイテ海戦で第一航空艦隊に与えられた任務は栗田艦隊が、レイテ湾に突入している時、アメリカ空母の甲板を爆弾でこわして一時的に航空機を発着できないようにすることだった。

ところが、やって来た大西中将は、本来なら三百六十機はあるはずの、基地の航空機が相次ぐ失敗で、特に、ゼロ戦は百五十機あるはずなのが、わずか三十四機に激減してしまっていることを知って、愕然とした。

わずか三十四機のゼロ戦では、それでなくとも強力なアメリカ軍とは、戦いようがない。

そこで、大西中将は、司令や、飛行長などを、集めて、

「わずかに三十機ほどのゼロ戦しかないのでは、連合艦隊からの要請を果たすことは、とても出来ない。こうなったら、現在のわが軍が、アメリカ軍に対抗できる唯一の方法は、ゼロ戦に爆弾を積んで体当たりをすることである。もはや、この攻撃を執る以外に、アメリカに勝つ手段はない」

と、強い口調でいい、大西中将は、体当たり攻撃の命令を出したのである。

しかし、日清、日露戦争以降今日に至るまで、日本海軍でも、陸軍でも、体当たり攻撃を命令したことは、一度もなかった。

従ってこれは、大きな作戦の変更である。なぜなら、決死の攻撃が、必死の攻撃になるからである。

そこで、大西中将は、あくまでも、この体当たり攻撃は、命令ではなく、志願制とするといった。それなら、作戦の変更ではなくなるからだ。

若手のパイロットを集め、特攻の話をし、

「眼を閉じて志願する者は手をあげろ」と命じたが誰も手をあげない。

「手をあげろ！」と怒鳴ったところ今度は、一斉に手があがった。そこで十三名の特

攻隊員を決めた。

この時、大西新第一航空艦隊司令長官が、部下を前にして、

「私の命令に反対する者は、誰であろうとも叩き斬る」

と、いったとか、いわなかったとかというウワサが流れたが、とにかくここで、関大尉を隊長とする特攻部隊、神風特別攻撃隊が編成された。

かくして、最初の特攻に出撃する十三人のパイロットが選ばれたわけだが、あくまでも、この関隊の十三人は、自らの意志で特攻を志願したということになっているが、実際には命令書が出ている。

また関大尉自身が、同盟通信の報道班員に語ったといわれる有名な言葉がある。

「日本も、もうおしまいだ。僕のような優秀なパイロットを殺すなんて。僕なら体当たりをせずとも、敵の空母の飛行甲板のど真ん中に、五十番（五百キロ爆弾）を命中させる自信がある」

関大尉は、そういったというのである。

おそらく、これは、関大尉の本音だったに違いない。

この命令書で興味深いのは、敵の艦隊に体当たりする日にちを指定していることである。それは、昭和十九年十月二十五日までに、体当たりせよという命令である。

どうして、昭和十九年十月二十五日までと日にちが限られているのか？

それは、連合艦隊と、ハルゼー率いる機動部隊との決戦の日が予定されているからである。

豊田連合艦隊司令長官は、艦隊を三つに分け、その一つを囮《おとり》にして、もっとも強力な、栗田艦隊を、レイテ湾に突入させ、上陸部隊や、その援軍のためにレイテ湾にいる艦船を撃滅させることを考えていた。

それについてのいちばんの問題は、アメリカ機動部隊の艦載機の数である。

アメリカの機動部隊は、千機を同時に飛ばせるだけの強力な機動部隊である。もし、こちらの計画が成功したとしても、千機を超す艦載機に襲われたら、ひとたまりもないだろう。

そこで、この艦隊決戦の前に、アメリカの航空母艦の甲板を、一時的に使えないようにしてもらいたいというのが、小沢司令長官の要請だった。そのために、関大尉たち、神風特別攻撃隊の目標は、艦隊決戦のある十月二十五日までに、アメリカの航空母艦の甲板に、体当たりをすることだった。

この神風特別攻撃隊は、結果的には成功した。関大尉以下、たった五機の敷島隊が、護衛空母を含めたアメリカ機動部隊の、五隻の艦船を撃沈あるいは、大破させたからである。

しかし、肝心の艦隊決戦のほうは、思ったようにはうまくいかなかった。豊田司令長官の考えた囮作戦は、最初は上手くいったように見えた。アメリカの機動部隊は、小沢艦隊を日本海軍の主力と考えて、追跡に、移ったからである。

艦載機を、飛ばして、小沢艦隊を、総攻撃した。

そのため、栗田艦隊はレイテ湾に突入するチャンスをつかんだ。そのままレイテ湾に突撃し、輸送船と護衛艦隊を、撃滅することができていれば、レイテ島の戦いで、日本側に久々の勝利を、もたらしたかもしれなかったのである。

ところがどういうわけか栗田艦隊は、レイテ湾への突入を途中で止めて、後退してしまったのである。このことは、戦後の今になっても「栗田艦隊、謎の反転」として、戦時中の大きな疑問として残っている。

3

連合艦隊の最後の戦闘は、結果的に、栗田艦隊が退却してしまったので、失敗に終わった。

それだけではなく、アメリカの機動部隊の艦載機の攻撃を受けて、多くの艦船が、沈没してしまった。

関大尉以下の神風特別攻撃隊は、艦隊決戦の、一翼を担っていたはずだが、こちらは成功したにもかかわらず、日本側の敗北に終わってしまったのである。

こうなると、あとは、航空機による特攻によってのみ、アメリカと、戦わなければならなくなってしまったのである。

レイテ決戦で栗田艦隊のレイテ湾突撃が成功していれば、特攻は、一時的なものに終わっていたかもしれない。

しかし、連合艦隊が、ほとんど壊滅してしまった後、日本軍の戦闘は特攻なしには、アメリカ軍と対等に戦うこともできなくなってしまった。

連合艦隊は、消えてしまい、残ったのは、特攻だけである。

そして、海軍だけでなく陸軍も昭和十九年の十一月になって、特攻を開始した。終戦までに特攻で亡くなった若者は五千人以上になった。

敗戦のあと、特攻についてさまざまな疑問が生れてきた。

こうなってくると、特攻の命令を最初に出したのは、いったい誰なのかということも出てくる。

一応、記録として残っている上では、第一航空艦隊の新しい司令長官になった大西中将ということになっている。

しかし、特攻作戦は、完全な作戦の変更だから、現地の指揮官といえども、勝手に始めることはできない。唯一、許可を出すことができるのは、天皇直属の軍令部だけである。陸軍ならば、参謀本部ということになってくる。

軍令部には、第一作戦部長と第二作戦部長とがいる。この二人がそれぞれ特攻の計画を立てて、実行を命令する。そこで初めて、現地の指揮官が、特攻の命令を出すことができるのだ。

また、同じ特攻でも、航空機以外に、小型潜水艇を使った人間魚雷回天という特攻兵器があった。この回天の出撃についても、現地の指揮官が、勝手に、命令を出すことはできない筈である。

必ず、軍令部に文書を出して、判子をもらわなければ、特攻は出撃できないことになっていたのである。

戦後になってから、特攻についての研究がいろいろと始まり、特攻を始めたのは、いったい誰だろうかということが問題になった。

その時、誰もが、最初に特攻という攻撃を考え、命令を出したのは、軍令部に違いないと推測した。

日本の場合、海軍であれば、天皇の直属の命令を受けるのが、軍令部であり、陸軍の場合は、参謀本部ということになっていた。これが統帥権である。

海軍大臣や、あるいは、現地の師団長や司令官、部隊長が、勝手に命令することはできなかったし、軍令部は天皇の直属だから、軍令部の出した命令は海軍大臣や現地の各艦隊の司令長官もそれに反対することはできない。

また特攻の生みの親といわれる大西中将が、自ら命令を出したということは、軍令部の存在を考えるとまずあり得ない。

とすれば、大西中将が、フィリピンに乗り込んでいって、新任の第一航空艦隊の司令長官として特攻を命令する前に、すでに、軍令部が、命令を出していなければ、話としてはおかしいのである。それが、日本の場合の統帥権である。

つまり、海軍大臣から海軍の艦隊の司令長官などに行く命令系統のほかに、天皇から直接、軍令部総長への命令系統があったのだ。軍令部総長は、長いこと皇族がやっていたから、どうしても、こちらの命令系統のほうが強くなる。

どう考えても、特攻のような、作戦の変更を、軍令部が、知らなかったはずはないのである。

軍令部の第二部長、小島少将がミッドウェイ海戦の後、しきりに、特攻兵器を考え、亡くなるまでの間に、全部で、九つの特攻兵器を考えたといわれている。

その九つの特攻兵器については、軍令部総長から使用許可が出ていた。特攻兵器を実戦に使っても構わないという命令書である。

その中には、人間魚雷回天とか、既存の飛行機を使う特攻もあった。

この小島第二部長が部屋にこもって、新しい特攻兵器の開発に、夢中になっていた時、第一部長の井口少将は、特攻による作戦変更についての文書に判子を押しているし、また、海軍航空隊の源田実大佐とは、特攻についての文書を交わし、その中で、特攻で死んだ隊員に対して、その英雄的な行為を、賛美した後、これは、国民精神の高揚にも役立つことなので、大いに宣伝してほしいという源田大佐の、井口第一部長に宛てた手紙も残っていた。

そして、井口元少将は戦後、ある海運会社の顧問に収まっていた。

4

翌日、十津川は、事件をもう一度、考え直してみた。

被害者の、小暮義男が死んだ時、九十三歳だった。

戦時中、小暮は、九州の特攻基地で小隊長をしていて、何人かの特攻隊員を、見送っている。その時、ほかの命令者と同じように、小暮も、若い特攻隊員を見送る時、

「俺もすぐ後から続く」

と、いった。

だが、戦後、彼は生き続けた。そのために、さまざまに、罵倒されていた。

「卑怯者」

「特攻の責任を取れ」

「早く死ね」

さまざまな罵声や悪口が、小暮に浴びせられたという。

後から続くといっておきながら、戦後、生き続けた人間は、何も、小暮一人というわけでなかった。

ただ、小暮義男の場合は、戦後を死なずに生き続けることで、戦時中のあの特攻は、いったい何だったのかを、明らかにしようとしていた節が、見える。

特攻は作戦面から見れば、今までの作戦の変更である。

それまでの戦闘では、決死が、作戦の根本にあった。

だが、特攻は、決死ではなくて、必死である。特攻に出撃すれば、必ず死ぬ。当然、今までの作戦とは、全く別のものと考えるべきなのだ。

作戦を変更する場合は、天皇の許可が必要である。

日本の場合、陸軍省・海軍省の命令系統があるほかに、もう一つの命令系統があった。それが、統帥権である。十津川のような戦後生れにとってこれが考えにくい。

陸軍のエリート集団は、参謀本部、海軍のエリート集団は、軍令部である。この二つを合わせて大本営と呼ばれた。作戦の変更には、大本営の許可が必要だった。

したがって、現地の指揮官が、勝手に作戦を変更することは許されない。

例えば、海軍の特攻の場合、第一航空艦隊の大西中将が特攻を発案し、実施したといわれている。

しかし、現地司令長官の大西中将が、自分の権限で、特攻を始めることはできない。海軍のエリート集団、軍令部の承認が絶対に必要なのである。

約束を破って、自らは生き続けた小暮義男は、本当の特攻の発案者、本当の命令者を、探し出そうとしていた可能性がある。

彼は、海軍の中尉だったから、海軍の特攻の場合は、軍令部が命令したと考えていた。少なくとも、現地司令長官の大西中将の命令ではないと推測していたと思われる。軍令部が命令を出し、それを現地司令長官の大西中将が受け、改めて部下に命令し、そして、特攻部隊、神風特別攻撃隊が、編成されて、実行された。

この大西中将は、終戦が決まった日、責任を取って自刃した。

とすれば、本当の発案者、本当の命令者も責任を取って、潔く、自刃するべきである。おそらく、小暮義男は、そう考え、それを見届けてから自分も死ぬつもりだったのではないだろうか？

軍令部には、軍令部長の下に第一部と、第二部が、あったことが分かっている。第二部長の小島少将は、ミッドウェイ海戦での敗戦の後、これからは、特攻で行かなくては、日本の勝ち目はないと考え、特攻兵器について考え続けていたといわれている。

小島の考えた特殊兵器は全部で九種類。今までの飛行機を使っての体当たりのほか、小型魚雷を使った人間魚雷回天など九種類である。これはもちろん、特攻を認めた上での考案である。

問題は、第一部長の井口少将である。実際に特攻という攻撃を考え、特攻を命じたのは、この井口少将だと考えられた。

井口軍令部第一部長は、戦後、特攻について何回か講演をしていて、十津川は、小田淳一准教授から、その音声を借りていた。

講演で、井口第一部長は、自分と特攻との関わりについて、次のように、話していた。

「私の知っている範囲で、お話をすれば、特攻隊の生みの親といわれている大西中将が、マニラに赴任する前に、一人で、軍令部にやって来たわけですよ。その時、軍令部からは、及川軍令部総長と、次長、そして、私の三人が、大西中将に応対しました。すると、大西中将は『今の日本の海軍航空隊の実力では、強大な戦力を誇るアメリカを攻撃して打ち負かすなんてことは、絶対にできやしない。だから、この際、飛行機による、敵艦への体当たり攻撃をするよりほかに、仕方がない』と、そういったのです。及川軍令部総長も私も、大西中将のその言葉に、反論できず、黙ってしまいました。その後も、大西中将は、持論を盛んにしゃべっていましたが、最後になって、及川軍令部総長が、大西中将に向かって『たしかに、君の考えは、よく分かった。君のいうことももっともだ。しかし、君から隊員に命令するようなことは、絶対にあってはいかんぞ。もし、特攻に志願してくる者がいれば、その人間を、採用して、攻撃をやってくれ。君のほうから、強制するようなことは、絶対にあってはならない。そのことだけは、肝に銘じておいてくれ』と、そういわれたのです。これは本当の話です」

これが、特攻について、軍令部の井口第一部長が、初めて触れた時の発言である。

この時、会場には、小暮義男もいて、彼は、この井口の話に反論している。

「今の井口第一部長の話は、あくまでも飛行機を使った航空特攻についての話であり、実は、その前にすでに、人間魚雷回天を使った特攻の計画があり、軍令部が、この特攻については、昭和十九年の七月には、許可を出しているんですよ。つまり、昭和十九年十月に初めて、特攻が行われたようにいわれていますが、それは誤った情報です。実際には、その三ヶ月も前に、軍令部が決めているんですよ。違いますか？　それについて、第一部長だったあなたが、何も知らなかったというのは、おかしいのではありませんか？」

これが、この時に小暮義男が、出した質問である。

井口軍令部第一部長の、この日の講演は、特攻については、軍令部は指示も命令も出していないこと――になっている。

そこに、フィリピンの基地に、赴任することになった大西中将がやって来て、応対した軍令部総長の及川や次長、そして、井口第一部長らに対して、今後は、今までのような普通の戦い方では勝てないから、体当たり攻撃を、考えているといった。

それに対して、及川軍令部総長が、志願者に、特攻をやらせるのはいいが、命令は絶対にしてはいけない。そういって、送り出した。

これは、井口第一部長が話したことで、大西中将が、特攻の発案者だということを裏付ける証言であるとされたものである。軍令部は、特攻には全く、関係がないということになった。

しかし、多くの現地指揮官は、軍令部が特攻について何も知らなかったというのは、おかしいと、思っていたのだ。

日本軍は上意下達である。特に海軍はそれが強かったから現地司令部の大西が勝手に特攻を決めることなど不可能だったという。

5

次に、二回目の井口第一部長の講演がある。

「特攻、特別攻撃について、その発端と申しますか、私が、皆さんに申し上げて記憶しておいていただきたいと思うのですが、昭和十九年十月に、大西中将ですね、彼はそれまで軍需省に勤務されていたのですが、昭和十九年十月の初めに軍需省を辞めて、第一航空艦隊の司令長官として、フィリピンに赴任されることになりました。その任地に出発する前に、大西中将は、軍令部においでになって、軍令部の総長官舎、それは今の、渋谷にあったのですが、そこで、軍令部総長の及川大将、次長の伊藤中将、作戦第一部長の私、それに、大西中将の四人で会いました。

大西さんは、おもむろに口を開いて『今の戦況では、どう考えてみても、日本は敗色濃厚である。今のままでは、どうやっても、日本がアメリカに勝つことは、不可能である。それに加えて、航空勢力は飛行機の生産が間に合わず、搭乗員の訓練も、不足しているから、当たり前の空中戦闘ですら、できかねるような状況に陥っている。それに、敵には電波兵器、つまり、レーダーがあって、こちらが、攻撃をしても、すぐに、居場所を突き止められ、待ち構えられて、間違いなく、撃墜されてしまう。こうなると、搭乗員には空中戦闘を避けて、目標の敵の艦船に、体当たりをしろというよりほかにない。今の状況を考えれば、そうするのが、いちばん効果的な戦い方なのではないのか？　そういう戦法を使って、これからフィリピンで戦いたいと思っているので、ぜひとも、ご承知願いたい』と、大西中将が、意見具申をしたのです。

その時に、私は、体当たりなどという作戦は、全く考えておりませんでしたし、もちろん、軍令部がそんな命令などを出したこともありませんでしたので、しばらくの間、四人は黙っていました。その後、及川軍令部総長が口を開いて『大西君、君のいいたいことはよく分かった。しかし、それだけはやってくれるな』と、いわれた。『いいか、命令は絶対にダメだ。しかし、搭乗員の発意によってやるというのならば構わない。そういうことでやってくれ』と、及川総長は、そういわれたのです」

この講演は、前の講演を詳しくしただけで、二回目の講演の後、井口第一部長は、こうも喋っている。

「私は当時、軍令部の第一部長をしておったのですが、特攻というのは、これは作戦ではない。作戦というのは、命令があって初めて、これを実行するのが作戦であって、搭乗員に向かって、お前、飛行機に乗っていって、そのまま敵艦に体当たりして死んでくれというのは作戦ではありません」

この時は、同じ特攻の話をした後で、井口第一部長は、はっきりと、自分は作戦として命令していない。第一、特攻というのは、作戦ではないと、はっきりいい切っている。

その後、元海軍の将校連中との質疑応答があった。小暮義男の発言があったかどうかは、分からなかった。

その質疑応答の様子は、次のように記録されていた。

「航空特攻の前に、人間魚雷回天の問題があって、これは、特殊兵器として軍令部が承認しています。人間魚雷回天のほかには、ロケットの桜花もまた、軍令部が、承認しているのですが、これについては、どう思われますか？」

これが最初の質問である。

「私は第一部長として、そのことは全く承知しておりません。これはおそらく、作戦ではなくて、現地の実施部隊が、自らの判断で行ったのではないかと思います。その頃、第二部長の小島さんが、特攻兵器についていろいろと考えておられたようですから、もしかすると、あなたは、そのことと、混同しているのではないでしょうか？小島部長は、すでに亡くなっていますので、残念ながら、事の真偽を確かめようがありませんが、私は軍令部の第一部長として、特攻を命令する書類に判子を押した記憶は、全くありません。それだけは断言できます。もし、あるというのであれば、ぜひ、見せていただきたい」

「軍令部の第一部長であるあなたが、判子を押さなかったにもかかわらず、特攻隊が生まれ、実行に、移されています。井口さんは、そのことを不思議だとは、思わなかったのですか？」

「もちろん、考えないということでは、ありませんよ。ただ、私自身としては、特攻は私の所管事項ではないと、そのように、理解しておりました。あれは、現地の部隊が指揮官の判断で、言葉は悪いかもしれませんが、勝手に実行したものだと、私は、今でも、そう思っております」

こうした討論会で答えているのが、井口第一作戦部長本人であることは分かるのだが、質問しているほうに、小暮義男がいるのかは、はっきりわからなかった。

6

その小暮義男が、大切に残しておいたテープが見つかったという。

仏壇に隠すように置かれていたのを、息子の俊介が見つけ、十津川宛に送ってきたのだ。

これは、井口第一部長と小暮義男の二人だけの、話になっていた。おそらく、小暮が井口の家に、押しかけていき、家族がいなかったので、強引に、井口と二人だけの会話をし、それをテープに、録《と》っておいたのだろう。

「今日はどうしても、井口さんに、特攻神話についてのお話を、お聞きしたくて参りました」

「特攻神話？」

「海軍の特攻の始まりは、マニラに赴任する大西中将が、直前軍令部に顔を出して、『どうしても、飛行機による体当たり攻撃を実施したいので、許可してほしい』と、いわれた。それに対して、その場にいた及川軍令部総長が『命令しては、絶対にいかん。特攻に志願してくる者がいれば、もう一度よく考えるようにといって、話を聞いてから、実行するようにしろ』と、いった。それが、現在の海軍の特攻神話に、なっているんです。この神話の作成者は井口さん、あなたですよね？」

「いや、私がいい触らしたわけではない。たまたま、私がその場にいた時の話というだけのことだ」

「それで、海軍の特攻の始まりは、昭和十九年十月に、なっているのですが、軍令部で、そのはるか前から、特攻について研究していた。特に、特攻兵器を考えていた。これは間違いありませんね？」

「それは、君が、勘違いをしているか、あるいは、日にちを、間違えているんじゃないのかね？　軍令部が、特攻について考えるようになったのは、昭和十九年十月の神風特別攻撃隊の問題が、起きた後のことだよ。それは間違いない」

「それでは、後でも先でも、構いませんが、軍令部が、特攻について、考えていたことは間違いないのですね？」

「それも、正確にいえば、というか、私自身についていえばだね、何度も同じことをいうが、特攻というのは、作戦ではないんだよ、ああいうものはね。だから、私は第一部長として、特攻について考えたことは、一度もないんだ」

「それは、少しおかしいのではありませんか？」

「どうしてだね？」

「正直に申し上げると、私は、最初はフィリピンで、その後は、九州の基地で、小隊長をしておりました。その時、何人もの若い特攻隊員を、送り出しています。私たち現地の人間はですね、特攻は、軍令部が考えて命令し、実行されていると、そう、理解していたのです。違いますか？」

「だから、それが、間違いだといっている。私は何度もいうが、特攻を、作戦として考えたことはないんだよ」

「本当ですか？」

「本当だ」

「私は、源田大佐から、井口さんに宛てた手紙のコピーを持っています。これは昭和十九年十月よりも前のものです。井口さんは、この手紙について、もちろん、覚えていらっしゃいますよね？」

「たしかに、私は、源田大佐と会ったことが一、二度あるが、せいぜい、任務上の報告を受けたくらいで、それほど親しく話したことはない。だから、彼と個人的に、手紙を交わしたことは一度もない」

「それはおかしいんじゃありませんか？」

「おかしい？」

「ええ、そうです。その手紙の中で、源田大佐は、井口軍令部第一部長と話し合ったと書いていますから。そして、神風特別攻撃隊については、これが実行されれば、多くの国民の士気を鼓舞することになるので、発表の仕方を、井口部長と考えたと、書いているんですよ。この手紙の現物は、現在、防衛庁に保管されていますから、私のいうことをお疑いになるのでしたら、防衛庁に問い合わせてみてください」

「いや、問い合わせるまでもない。私は、そんな話を、源田大佐としたことは一度もないんだ」

「それでは、源田大佐が、ウソの手紙を書いたということになるんですか？　しかし、その手紙には、井口さんと、源田さんお二人の判子が押してありますよ」

「そういわれても、私には、そんな手紙をやり取りした記憶がないし、手紙に、判子を押したこともない」

「私は元海軍中尉で、今も申し上げたように、九州の、特攻基地で小隊長をやっておりました。その時、渋谷にあった軍令部の庁舎で、あなたに、お会いしたことがあるんですが、そのことは、覚えておられませんか？」

「いや、全く覚えておらんね。その時、君は、いったい何の用事で、来たのかね？」

「特攻による航空攻撃を、実施していたのですが、突然、第一線の戦闘機に代わって、古い練習機が回されてきて、それで、特攻するようにという命令が、中央から来ました。これは、明らかに作戦の変更だし、特攻隊員の士気にも影響するので、司令官の命令で、その件について、正式な命令書をもらってきてほしいといわれて、お会いしに行ったのです。その時、井口さんの判子もいただいておりますが、覚えていらっしゃいませんか？」

「いや、申し訳ないが、全く、覚えていない。本当に君がいうようなことがあったのかね？」

「突然、第一線機のゼロ戦から、練習機を使うようにと命令されて、現地司令官が戸惑ってしまったのです。これは明らかに作戦の変更なので、命令書をもらって来いといわれたのです」

「それじゃあ、その命令書を、見せてくれたまえ」

「現物はありません。戦後すぐに全ての書類を焼却するように命令がありましたから。最初、井口さんは、私に対して、中央からの、命令書は出せない。現地司令官の命令で、特攻を続けたまえといわれました。しかし、現地の司令官は、こういうものは、どうしても、文書でほしいというので、何とか文書に、書いていただき、判子を押していただきました」

「しかし、本物の文書がなければ、答えようがないな」

「私は元海軍兵学校出身の、終戦時は海軍中尉でした。井口さんと同じ海軍におりましたので、海軍は陸軍に比べて、はるかに上意下達ということに、厳しい組織であることは、よく存じております。ですから、特攻のような大事な作戦について、現地の司令官が自分だけの判断で、勝手に命令を出すようなことは、昔の日本海軍では、絶対にあり得ませんでした。そのくらいのことは、井口さんも、よくご存じだと思います」

「たしかに、日本の海軍は、そういう点がうるさかった」

「ですから、今、井口さんは、特攻について勝手に、現地の司令官が、命令を出したのだといわれましたが、そういうことは絶対にあり得ないのは、井口さんにもお分かりのはずです。全て中央からの命令があって、現地の飛行隊長が、特攻隊員を選んで出撃させていたのです」

「そのことは、もちろん私も、よく、知っている」

「私も現地の小隊長で、特攻隊員を何人も見送ったのですが、その時に、後に続くと約束しました。ですから、戦後になるとすぐ、自分が見送った特攻隊員たちの、墓地を回り歩き、その後で、潔く、自決しようと思っていました。しかし、考えてみると、本当に命令を出しているのは、海軍の中央部、つまり、軍令部です。だとしたら、私は、死ぬ必要はないのではないかと、思ったのです。しかし、やはり責任はゼロではない。本当の命令者である軍令部の第一部長か、第二部長が責任を取って自決されてから、それを、見届けた後で、私も自決しようと、考えたのです。井口さん、海軍の航空特攻は、軍令部が、命令したものだったと、発表してもらえませんか？」

「いや、それはできないよ。君は、いったい何回いったら、分かるのかね？　私は、特攻を作戦としては、認めていないんだ」

「それでは、もう一つ、井口さんに聞いていただきたいテープを、持ってきたので、ぜひ聞いてください」

「テープ？　今度は、いったい何のテープかね？」

「このテープは九州の特攻基地で、現地司令官が軍令部の井口さんと、電話で連絡をしていた時に、私が勝手に、録音したものです。この時の電話で、現地の司令官は、特攻の命令を出すのは辛い。だから、はっきり、軍令部の命令で行われていることを明瞭にしてもらいたい。つまり、井口さん、あなたの命令が、欲しいと、司令官は、いっているんですよ。実際は軍令部の命令で、終戦まで、特攻は続けられたのですから、命令書を、出してもらっても構わないと、現場の司令官は、思っていたんです。しかし、あなたは、頑として、命令書を出そうとはしていない。あくまでも現地で命令書を出して実行したまえと、この電話では、同じことを、何回も繰り返しています。井口さんは、どうして、特攻の命令書を、出すことを、あんなにも嫌がったのか、その理由を教えてください」

「いや、別に嫌がってなどいない。ただ事実をいっているだけだ」

井口は同じ文言を繰り返していた。

十津川は、再び、小田准教授の話を聞くために、M大学を訪ねた。

「特攻で、五千人もの若者が死んでいます。それなのに、特攻でははっきりしない部分が多いんです。海軍も陸軍もです。海軍の場合でいうなら、軍令部も第一部長も特攻について考えたことも、命令したこともないと主張しています。それが嘘だということは、誰にもわかっているんです。新しい作戦について命令できるのは軍令部だけで、第一部長の印が必要だからです。だから特攻の命令を出したこともないというのは、嘘なんです。第一部長が知らなかったというのも、嘘です。それでも嘘をつき通して亡くなった。陸軍も同じです。特攻は全て志願だったということになっています。志願者がゼロだとはいわないが、全てが志願だというのは明らかにお伽噺《とぎばなし》ですよ。特攻基地では現に命令が出ていたし、そのことは、陸軍なら参謀本部、海軍なら軍令部に報告されているんです。しかし、中央は否定している」

「なぜですかね？　別に特攻が恥ずかしいことはないでしょう？」

「作戦としては外道だと大西中将も証言している。だが、特攻で死んだ若い搭乗員たちは立派だったともいっている。国民も、彼等を賞讃している。敵側のアメリカも同じです。特攻隊員を賞讃しています」

「それなのに、中央はなぜ、嘘をつき通そうとするのか、不思議ですね」

十津川がいうと、小田が、いった。

「正確にいえば、なぜ特攻神話に拘《こだわ》ったかということですよ」

と、訂正した。

第六章　現地主義

1

十津川は遠慮なく、小田に質問をぶつけていった。

「これまで私は、かつての日本の軍人というのは、もう少し潔《いさぎよ》い人間なのではないかというイメージを持っていたんです。ところが、海軍軍令部の第一部長だった井口さんの言動を見ていると、そうとは思えなくなりました。これには、ちょっとばかりガッカリしてしまいました。井口第一部長が、何かことあるごとに『その頃、自分は、特攻のことは、何も知らされていなかった。だから、特攻と自分とは、全く、関係がなかった』といっているのは、明らかに嘘だとわかります。軍令部第一部長の要職にあった井口さんが、特攻について全く知らなかったというのは、どう考えてみても、おかしい。その点を、小田さんは、どう考えておられるんですか？」

「もちろん、私も不自然だと思っています。井口さんだけでなく、軍令部は特攻に深く関わっていたはずですから」

「そうですよね。どうして、井口第一部長は、否定したまま、亡くなってしまったのでしょうか？　井口第一部長は、何のために、否定し続けていたんでしょうか？　自分の名誉のためでしょうか？」

と、十津川が、きいた。

「いや、それは、少しばかり違うと思います」

と、小田が、いう。

「しかし、どこが、どう違うんですか？　井口第一部長は、今や嘘と分かっているのに、嘘をつき通して死んでいるんです。どう見ても、自分の身が可愛かったから、死ぬまで嘘を貫き通した。そうとしか、思えませんが」

「今、十津川さんが、おっしゃったように、井口軍令部第一部長は、たしかに、死ぬまで嘘をつき通しました。それは、紛れもない事実です。しかし、井口さんは、自分自身の名誉が大事だったからというより、海軍の名誉を守ろうとしたのではないでしょうか？　彼にとって、海軍という組織は、それほど、大切なものに違いなかったのだと、そう思います」

「自分が、所属していた海軍の名誉を守りたい、という井口さんの気持ちは、理解できないこともありませんが、昔の海軍は、今はもう、組織としては、何もないじゃありませんか？　昭和二十年の終戦とともに、消えてしまったわけでしょう？　消えてしまった昔の海軍の名誉を、どうして、守ろうとするんでしょうか？ そのために、嘘をつき通す必要がどうしてあるんですか？ 私などには、考えられませんが」

十津川が、強い口調でいうと小田は、苦笑して、

「十津川さんは、戦後生まれだから、理解しにくいかも知れませんが、井口さんの人生を、考えてみてくれませんか。井口さんは、中学校を卒業すると同時に、海軍兵学校に入り、最終は海軍大学校を卒業しています。海軍大学校で、井口さんは、優秀な成績を収め、海軍軍令部、陸軍でいえば、参謀本部という海軍の中枢に入りました。また、戦後しばらくは、海軍省が復員局になったので、そこで仕事をしています。その後も、海運関係の会社に勤めています。その井口さんの人生を考えると、昔の日本海軍での生活が、ほとんどを占めているんです。十津川さんがいうように、たしかに、戦争が終わって、旧海軍の組織はなくなってしまいましたが、彼にとって、日本海軍は、唯一の生きがいなんですよ。だから、それを、守ろうとした。私は、そう、理解していますが」

「なるほど。その気持ちは分かるような気がします。しかし、特攻のことを正直に話したとしても、旧海軍の名誉を、守ることはできるのでは、ありませんか？ 正直に、話したからといって、旧海軍の名誉が、傷つけられることはないと、思いますが」

「昔の軍人は、そういうふうには、考えないんですよ」

と、小田が、いった。

「それは、どうしてですか？」

「井口さんだけではなく、多くの旧海軍の人たちは、いまだに、旧海軍の将校としての立場で、自分自身を含めた旧海軍の歴史を考えていますからね。そうなると、どうしても、旧海軍の悪口は、いえなくなってしまう。どうしても、旧海軍のことをかばう態度をとるようになる。よくいうでしょう、日本の軍人の場合は、海軍あって国家なし。陸軍あって国家なしと。大げさにいえば、井口さんにとって、日本という国家よりも、むしろ、自分が所属していた、日本海軍のほうが大きな要素を、占めているんです。だから嘘をついてまで、井口さんは、彼が誇りにしている旧海軍を、守っていきたいと、考えていたんだと思います」

「何となく、小田さんの、いうことも、分かるような、気がします。しかし、私には、もう一つ、どうしても、納得できないことがあるんですがね」

と、十津川が、いった。

「何でしょう？」

「海軍軍令部第一部長の井口さんが、嘘をつき通して、死んだことも不思議ですが、日本の旧海軍や旧陸軍のことを、調べていくと、戦後、現地でB級、あるいはC級の戦犯として、処刑された人がたくさんいますね？」

「いますね」

「例えば、捕虜虐待の罪を背負ってとか。戦争末期に、潜水艦の艦長に、アメリカの輸送船を沈めたら、その乗組員を、全員確実に殺せという命令があったので、それを実行した潜水艦の艦長が、戦争犯罪者として処刑されています。ところが、それを、中央部が全く、弁護していないのです。中央というのは、海軍でいえば軍令部のことです。どうして、海軍の中枢は、現場の人間というか、実際に、潜水艦に乗って戦っていた艦長を、弁護しようとしないんでしょうか？　日本の陸軍でも、同じことがいえると思うのです。ニューギニアやインドネシアやフィリピンで戦った日本陸軍の兵士の中には、捕虜虐待の罪で処刑された人間が、何人もいます。それを日本陸軍の中央、つまり、参謀本部が、かばおうとはしなかった。その点が、どうしても、不思議で仕方がないのですが」

と、十津川が、いう。

「十津川さんが今いわれたような、疑問は、私も日本の現代史を調べていて、同じように感じたことでもあります。十津川さんがいわれるのは、こういうことでしょう？　フィリピンで、捕虜を虐待した日本の将兵がいた。戦後、それが、大きな問題になって、捕虜収容所の所長だった将兵が、ＢＣ級戦犯として捕えられて処刑された。もし、それが、陸軍の中枢の命令だったら、彼らは処刑されずに済むが、陸軍の中枢は、現地に対して、捕虜を、処刑せよというような命令は、一切出していない。それは、現地の担当者が勝手にやったことだ。そう証言したために、結果的に現地の将兵が、処刑されてしまった。十津川さんは、そのことを、いっているんでしょう？」

「その通りですが、実は、ほかにも、疑問に思っていることが、あるんですよ」

十津川が、いうと、小田は、うなずいて、

「分かりますよ。十津川さんが、気にしていらっしゃるのは、小暮義男元中尉のことでしょう？　違いますか？」

「ええ、そうです」

「小暮元中尉は、何回か、井口第一部長に質問をぶつけています。その質問を通して、小暮さんは、何とかして井口第一部長に、軍令部が、特攻を命令していたことを、認めさせようとしていた。大西中将がフィリピンの現地に行き、神風特別攻撃隊を組織して、海軍として初めての、特攻を実行させた。今では、それが、特攻の始まりだといわれています。しかし、実際には、それよりも前に、軍令部は特攻について考え、実行していた。小暮元中尉は、それを、認めさせようとして、井口第一部長に、何度も、質問をぶつけていたが、井口さんは、最後の最後まで、そのことを、否定していました。十津川さんは、そのことも、不思議に思っているんでしょう？」

と、小田が、いった。

「そのとおりです。特攻についても、小田さんは、特攻神話という言葉を口にした。私も、小暮元中尉の話や、井口第一部長の話などを聞いていると、どうにもすっきりしないのですよ」

「どんなところが、すっきりしないんですか？」

「今の話に戻るんですが、捕虜虐待の罪で処刑されたBC級戦犯がいますよね？　現地の捕虜収容所の所長は、軍の中枢から、命令があったので、捕虜虐待を実行したと、証言しました。それに対して、中央が、その証言を、認めれば、現地は処刑されずに済んだのに、そんな命令など出していないと、頑《かたく》なに否定しました。そのため現地の捕虜収容所の所長が処刑されてしまったのです。どうして、こんなふうに、日本の陸軍も海軍も、現地の将兵を、見捨ててしまったんでしょうか？」

「それはですね、統帥権が、絡んでいるからですよ」

と、小田が、いった。

十津川が、苦笑した。

「そうですか、やはり、統帥権ですか」

2

「やはりといいますと?」

「実は、統帥権という言葉は、戦争について調べていると、何回もぶつかっているんです。それで、これについて書かれたものを、何冊か読んでみました。しかし、どうしても、この統帥権というものが、理解できないのですよ」

「それは別に、十津川さんだけじゃありませんよ。統帥権問題は、よく分からないという人が多いんです。いや、ほとんどの人が、分かっていないといっていいかもしれません。ほかの国の軍隊でも、もちろん統帥権問題はありますが、命令系統が一本ですっきりしていますから、日本ほどの、混乱はありません。例えば、アメリカの軍隊でいえば、最高の指揮官は、大統領です。その下に、国防長官がいて、現地司令官、兵士と命令系統がすっきりしています。例えば、朝鮮戦争のとき、現地の最高司令官だったマッカーサーは、中国軍に対して、原爆の使用を、大統領に要請しています。マッカーサーは、原爆を二十個落とせば、中国軍は、間違いなく壊滅するといったのですが、最高指揮官のトルーマン大統領が、中国軍に対する原爆の使用を、断固として拒否したのです」

「トルーマンは、どうして拒否できたんですか?」

「それは、指揮系統が一本ですっきりしていたからです。それで、トルーマンは、マッカーサーを解任できたんです」

「なるほど。しかし、旧日本軍だって、指揮系統ははっきりしていたんじゃありませんか？　いちばん上に総理大臣がいて、その下に、陸軍大臣と海軍大臣がいましたし、さらに、その下に陸軍の場合であるならば、師団長がいて、海軍ならば、連合艦隊の司令長官が、いましたから。指揮系統は、一応一本化されていると思いますがね。違いますか？」

「日本の場合、天皇の軍隊という側面があります」

　と小田が、いった。

「皇軍――ですね」

「これには、二つの根拠があります。一つは、大日本帝国憲法で、その第一一条に『天皇ハ陸海軍ヲ統帥ス』とあり、更に、軍人勅諭には、『夫《その》兵馬の大権は、朕が統《す》ぶる所――朕は汝等軍人の大元帥なるぞ。されば朕は汝等を股《こ》肱《こう》と頼み、汝等は朕を頭首と仰ぎてぞ、其親は特に深かるべき』とあります。これによって、日本の軍隊は、天皇に直結し、直接指揮を受ける栄光の位置にあると考え、その機関として、大本営が置かれたのです。昭和十二年十一月十八日に『大本営令』が公布され、その第一条には、『天皇の旗の下に最高統帥部を置き、それを大本営と称す』と、第二条には『（陸軍）参謀総長及（海軍）軍令部総長は、各其の幕僚の長として帷《い》幄《あく》の機務に奉仕し、作戦を参画し終局の目的にそなへ陸海両軍の策応協同を図るを任とす』とあるのです。これによって、大本営は、天皇大権の下における最高統帥部ということになったわけです」

「これが、いわゆる統帥権問題ということですね」

「天皇の下に、大本営があるわけですが、反対側には、内閣があり陸軍省、海軍省があります。つまり、命令系統が二つ出来てしまった、わけです」

「それで日本には、二重の政府があって、そのために戦争に負けたといわれるわけですね」

「普通の国家でも、政治と軍事のバランスをとるのは難しいのですが、アメリカやイギリスでは、いろいろあった末に、政治が軍事の上に立った。つまり文民統制が出来あがったのです。ところが、日本では、統帥権の独立が強くて、最後まで、文民統制が出来なかったのです。総力戦を口にしながら、統帥権独立が邪魔になって、最後まで真の総力戦体制は出来なかったのです」

「そんなに軍人たちは、統帥権に拘わったんですか?」

「昭和十六年に、外務大臣が南方(タイ・ベトナム)へ進出するのかと、塚田参謀本部次長に質問したのへ、塚田は、次のように、答えています。『統帥についての事項は、内閣に相談する必要はないので、自主的に決めたのである』とです。戦争になると、その戦略などは、内閣に相談する必要がないから勝手に決めると、いっているのです」

「そのことが具体的に、どんな弊害があったのか、教えて頂けませんか」

　と、十津川が、いった。

「天皇の軍隊、天皇直属の大本営ということで、例えば、作戦の変更は、大本営が考えるわけですが、実際の変更には、天皇の裁可が必要になります」

「それは別に、悪いことじゃないでしょう？」

「戦争に勝っている場合は、いいんです。しかし敗北が続くようになると、天皇の叱責を恐れて、真実を言上しなくなったりするのです」

「そんなことが、あるわけですか？」

「十津川さんは、インパール作戦をご存知ですか？」

　と、小田が、きいた。

「ええ、知っています。太平洋戦争についての本をいろいろと読むようになってからは、インパール作戦に関して書かれたものを読む機会も、自然と多くなりましたからね。一応、基本的なことだけは、知っているつもりです。インパール作戦を指揮していたのは、ビルマ占領にあたっていた陸軍の第十五軍司令官・牟田口廉也《むたぐちれんや》中将で、たしか、牟田口中将は、インドのインパールに三方向から攻め込んで、反攻を計画している連合国軍を、殲滅しようという、作戦計画を立てて、大本営に、作戦実行の許可を求めたんですよね？　その作戦がインパール作戦というわけでしょう？」

「ええ、そうです」

「大本営は、このインパール作戦について、牟田口中将の計画を聞いてから、十万人もの大軍を、動かすには、後方からの弾丸や食料の補給が大変である。今の日本軍には、それだけの輸送力がないから無理だといって、当初は、この作戦に反対していた。それでも最後には、牟田口司令官の、熱心さに負けて、インパール作戦に許可を与えた。

牟田口司令官は自信満々で、最初のうち北、南、そして、中央の三方向からインパールに向かった日本軍は、かなりのスピードで攻め込んでいきましたが、しかし、そのうちに連合国軍の抵抗が、激しくなった。何といっても、連合国軍のほうには、十分な補給がありましたから、その抵抗はすさまじいものがあり、一方の日本軍のほうは、不安だった後方支援が、案の定、全くといっていいほど、機能しなくなり、北、南、中央から攻め込んでいった各師団は、たちまち弾丸や食料が尽きて、苦境に陥ってしまった。特に、北からコヒマに攻め込んでいった第三十一師団は、弾丸や食料が絶えてしまい、佐藤師団長は、約束していた弾丸や食料が一向に届かないことに怒って、牟田口中将の命令に違反して、師団長独断で撤退を始めてしまった。北の第三十一師団が、司令官に断りなく撤退を開始してしまったので、中央と南を受け持っていた各師団も、連合国軍の激しい攻撃を避けきれなくなって、第三十一師団と同じように撤退を始めてしまった。

その行動に怒った牟田口司令官は、三人の師団長をクビにして、交代させてしまったが、それでも日本軍は、連合国軍の攻勢をかわしきれず、インパール作戦の中止が発表された時には、戦死三万、負傷四万の大損害を受けていた。十万の将兵が三万にまで減ってしまっていました。そのため、このインパール作戦は、太平洋戦争中のさまざまな戦闘の中でも、もっとも愚劣な戦闘といわれている。これが、私が知っているインパール作戦ですが」

十津川が、熱っぽく話しおわると小田が、ニコニコしながら、

「十津川さんも、なかなかよく、勉強されていますね。それで、大体のところは正しいわけですが、問題は、牟田口司令官の命令に反して撤退してしまった第三十一師団の佐藤師団長の処分――が、どうなったかです」

「私もそのことが気になるんですが――」

「日本の陸軍には『陸軍刑法』と呼ばれる、いわば軍隊内の法律のようなものがあったのですが、そこには、敵を目前にして命令を拒否した場合は、軍法会議にかけられると、はっきり明記されてありました。となると、当然、『陸軍刑法』の定めるところによって、第三十一師団の佐藤師団長も軍法会議にかけられるはずだったのですが、

結局のところ、そうはなりませんでした」

「それは、なぜなんですか？　第三十一師団の佐藤師団長は、牟田口司令官の命令に従わず、しかも、敵前から逃亡するという大きな罪を、二つも犯しておきながら、軍法会議にもかけられなかったのでしょうか？　どう考えても、おかしいのではありませんか？」

と、十津川が、いった。

「たしかに、そのとおりなんですが、第三十一師団の佐藤師団長は、当時、精神障害で的確な判断ができなかったということで、軍法会議は開かれることなく、地方の閑職に追い払われて終り、ということになってしまったのですよ。どうして、軍法会議が中止されたかというと、日本の場合、陸軍の師団長以上は、天皇の任命ということになっていたのです。ですから、もし、佐藤師団長を軍法会議にかけるようなことになると、敵を目前にして、退却するような、そんなだらしのない師団長を任命した天皇にも、責任が及ぶことになりかねない。それではまずいというので、佐藤師団長を、軍法会議にかけることが、取り止めになったといわれているのです。とにかく、天皇は大元帥であり、日本の軍隊、陸海軍の最高の指揮官ですから、もし、軍隊内で何か大きな問題が起きたとすると、天皇の責任を問わなくてはならないことになりかねないのです」

「なるほど。確かに、天皇直属というのは難しいものですね」

「もう一つ、特攻のことであります。海軍に遅れて、陸軍も航空特攻が、開始されました。陸軍の場合は、海軍と違って、参謀本部が最初から特攻に関係していました。参謀本部の、田中という参謀の談話があります。田中参謀は、この点に関して、こういっています。『用兵の見地からいうと、特攻隊は、正規の軍隊として編成するのがいいだろう。したがって、陸軍では特攻を志願制ではなく、命令することにしたいと考えている。つまり、正規の軍隊として命令を出して、それを実行する。そのほうが、すっきりする』と。田中参謀だけではなく、当時の参謀本部では、こうした考えを、持っていたと思うのですが、この田中参謀は、次のような談話も残しているのです。『航空総監から陸軍大臣になった阿南大将が、特攻のような、非情な戦法を天皇の名前において採用することは、天皇のお徳を汚すことになるといって、天皇に上奏して裁可を受けることを、最後まで拒否した』と。参謀本部では、特攻を、正式な軍隊にしようとしたのですが、この阿南大将の決断のために、最後までそれができなかったのです。したがって、陸軍では、最後まで特攻は命令をせずに、志願者だけで実行されていたことになっているわけですが、これは明らかに、間違っているわけです。とにかく、特攻というのは、それまでの日本軍の作戦とは、違う作戦なのです。日本の軍隊は、決死的な戦闘をして、多くの将兵が亡くなっていますが、特攻の場合は、決死ではなくて、必死ですから」

「作戦としては、全く異なる、作戦というわけですね」

「そうです。本来ならば、天皇に上奏して、特攻作戦の実行について、裁可を仰ぐ必要があったのですが、現実的には、それが、できませんでした。特攻という作戦は、どうい換え、取り繕ったところで、死ねと、命令しているわけですから、そうした戦法を、日本の天皇が認めていたとか、あるいは、自ら、命令していたというのでは、阿南陸軍大臣がいうように、天皇のお徳を汚すことになると、誰もが本心では、そう考えたわけですよ。ですから、最後まで、これは、命令ではなくて全員が、志願者だったと、形の上では、そういうことに、なっているわけです」

と、小田が、いった。

3

十津川は、少し考えてから、小田に、いった。

「太平洋戦争での、特攻については、現在でもさまざまな意見がありますね。ただ、戦後七十年が経って、一応、特攻に対する評価が、固まってきたように見えます。特攻は作戦としては、たしかに、批判されるべきもので、どんな批判を受けても、仕方がない。しかし、若い特攻隊員の行動は賞賛に値する。私は、特攻に関係した人の何人かに直接会って話を聞いたのですが、この二つの評価、作戦としては、間違っているということと、特攻で命をささげた若い特攻隊員たちの行動は、賞賛に値するということは、全ての人が、例外なくいうことなのです」

「その点については、私も、十津川さんと同じ意見ですね。連合国軍に追い詰められた日本が、最後の手段として、採用したのが特攻で、その攻撃に、日本の命運を賭けたわけです。しかし、果して、死ねと命令することが、許されるとは、とても思えないのです。しかし、だからといって、若き特攻隊員たちの死を、無駄だとか、無意味だということは、絶対に出来ません。命令されて特攻隊員に決まった後、彼等が、どんなに苦しんだのか、死ぬことを、納得させることが、どんなに大変だったかということもよく分かるのです」

と、小田が、いう。

十津川は、その小田の言葉を聞いて、首を傾げた。

特攻は、作戦としては外道だが、実行した、若い特攻隊員たちの行為は、立派であると、小田はいった。

しかし、その前に、逆の意味にとられるようなことを、小田は、いったはずである。

陸軍の特攻について、陸軍大臣の阿南大将は、

「天皇のお徳を汚すような行為である特攻について、天皇に上奏し、裁可を求めるようなことはできない」

と、いった。その言葉を、小田は否定しなかったのだ。

「何かあるんですね？」

と、十津川が、小田に、いった。

小田は、黙っている。

「やはり、何かあるんですね？　だから、阿南陸軍大臣は、天皇のお徳を汚すことになるという理由で、天皇の裁可を、求めなかったんですね？」

十津川は、重ねて、きいた。

今度は、小田は、口を開いたが、その口から出た言葉は、

「十津川さんは、何があったと、思いますか？」

十津川に対しての質問だった。

十津川は、小田の顔を見すえるようにして、

「特攻の評価ですか？」

「特攻で死んだ若者の数は、五千人を超えています。それでも、日本は戦争に勝つことが出来ませんでした。特攻の発案者や実行者は、特攻をやれば、戦争に勝てると思っていたんだろうかと、考えてしまうんです。もし、勝つ見込みもなしに特攻を始め

たのなら、許せないと思ってしまうんですよ」

小田の口調は、少しずつ激しくなっていくように見えた。

明らかに、何かに対して、怒っているように見えた。

「最初は、成功しましたね」

と、十津川が、いった。

「海軍の神風特別攻撃隊でしょう。五機で特攻して、五隻の敵船を撃沈、大破しました。しかしこれはアメリカ側が警戒していなかったので、成功したんです。その後、成功率は低くなっています」

「完全な戦果は、発表されていませんね」

「アメリカ側の発表を、そのままあげているだけです。命中した特攻機は、四百五十機、海軍特攻機二千四百五十機の十八パーセントに当る。陸軍機を合わせると、十五パーセントとなっています」

「特攻の場合は、戦果をあれこれ、いうべきではないという人も、いるみたいですね」

「私は、それには、反対なんです。特攻といえども、作戦ですから、どれだけの戦果があったか厳密に調査して、発表すべきだと思うのです。そうしなければ、死んだ特攻隊員に申しわけないでしょう」

「しかし、特攻について、調べていくと、わからないことが出てきますね」

「例えば、どんなことですか？」

「例えば、今、小田さんがいった目的です。特攻の父といわれる海軍の大西中将は、特攻を始める時、これ以外に、勝つ方法がないといっています。しかし、特攻でも勝利の見込みはないと分かっても、特攻は続くのです。そうなると、何のための特攻だったのか」

「私が腹が立つのも、そこなんです。特攻を続けながら、一方で、和平工作をしている。何のための特攻なのか、分からない。和平工作をしているのなら、その間、一人も死なせないようにするのが当然でしょう」

「特攻によって和平条件の緩和を狙ったのでは、ありませんか？」

「しかし、結局、ポツダム宣言を受諾するんです。ポツダム宣言は、無条件降伏ですよ」

「確かに、特攻が作戦としては外道、亡くなった特攻隊員は立派、で終ってしまうのは、残念ですね」

と、十津川は、いった。

「私は、特攻は、ある意味、太平洋戦争の中で日本が抱えた、最大の問題のような気がするのです」

小田は自分の考えた疑問や、問題点を書きつけたノートを見せてくれた。

特攻を命ぜられた時、なぜ、ノーといえなかったのか？　それは日本人の美点なのか、欠点なのか？

人命は地球よりも重いという。それなのに、なぜ特攻で五千名以上も、亡くなったのか。

なぜ、途中で止められなかったのか。

特攻は、日本人だけのものなのか。だとしたらなぜそうなのか。

「他にも、いろいろと、考えることがあるんです。ありすぎで困るんです」

と、小田が、いった。

「一番困るのは、どういうことですか？」

「おかしく聞こえるかも知れませんが、特攻は美しい。日本精神の精華。それですませてもいいんです。そこで、考えることを止めてしまえば、かえって、ほっとするんです」

「分かります」

「人にきかれる。特攻をどう思いますかと。その時、あれこれ考えるよりも『日本精神の表われ』といえば、私自身も、ほっとするんです。安心するんです。それ以外考えなくても、すみますからね」

「しかし、考えるんでしょう？」

「そうです」

「なぜです？」

「太平洋戦争をやった日本人だから」

「そうじゃないでしょう？」

十津川がいうと、小田は、「え？」という顔になって、

「分かりますか？」

「誰も彼もが、特攻について考えているとは思えません。特に、今は平和だから、特攻なんて遠い昔のことですからね。そんな時に、小田さんは、特攻にやたらに拘わっている。何か特別の理由があると思うのが自然でしょう？」

十津川がきいた。小田はすぐには、返事をしなかった。

「私の祖父は――」

と、小田は、ゆっくりと、いう。

「戦争中、海軍にいました。それも、軍令部です。井口第一部長の下の作戦課長でした」

「そうだったんですか」

「海軍の中枢にいたので恥ずかしかった。あなたが調べている小暮中尉とは、反対側にいた人間ですから」

と、小田は、小さく笑った。

「それで、特攻について、何か、問題があったんですね？」

「これは、あくまで、祖父が話したことです。そのつもりで、聞いて下さい。終戦直後、特攻について、問題が起きたというのです。東京裁判がありましたが、それに、特攻の問題が、取り上げられるという噂が出たんです」

「つまり、特攻は、人道に反するのではないかという問題ですね？」

「そうです。特攻があったのは、今次大戦で、日本だけですから。アメリカ、イギリス、中国、ソビエト、ドイツ、イタリア。どの国も、特攻はなかった。日本だけです」

「だから、連合国側に、特攻は、指揮官の強制ではないのかという疑いをかけられた？」

「そうです。人道に反すると見られたんです」

「それで、小田さんのおじいさまは、どんな役目を与えられたんですか？」

と、十津川は、きいた。

「連合国側に対する弁明書の作成です」

「どんな弁明書だったんですか？」

「祖父は、そのことを、喋らないままに、亡くなりましたが、だいたいの文面は、想像がつきました。とにかく、特攻隊は、全て、志願者で、国を愛するが故に、自らの意志で、体当たりを決行したものである。決して、上級者が、若者だけ、下級者だけを選んで強要したものではないという弁明書だった筈です」

「井口第一部長や、その上の軍令部長も、その弁明書作りに参加したんでしょうね？」

「そうでしょうね。特に井口第一部長は、海軍省が第二復員局になってもそこで、戦犯問題について、いろいろ、動き廻っています」

と、小田が、いった。

4

最後に、十津川が、小田に、きいた。

「おそらく、特攻問題に絡んで、小暮元中尉は何者かに、殺されたのだろうと、私は考えます。そこで小暮元中尉が、特攻について、どんな行動をとっていたのかを調べてみると、やはり、彼の批判の相手は、海軍軍令部の井口元第一部長だと思えるのです。他には、考えられないのですが？」

「私も、そう思いますよ。他に考えようがありませんから」

と、小田も、いう。

「しかし、井口第一部長が犯人とは、考えられません。井口第一部長は、すでに亡くなっていますから。そこで、小田さんに、お聞きするんですが、私が集めた小暮元中尉の言葉や言葉の他に、犯人を刺激するようなことがないか、何か変った行動をしていないか、この辺りのことをご存知でしたら、教えて頂きたいのですが」

十津川は、小暮元中尉の言動を書き止めた手帳を、小田に見て貰った。

小田は、丁寧に見ていたが、

「現地主義という言葉がありませんね」

と、いった。

「現地主義って、どんな意味ですか？」

「これは、何人かの元海軍将校に聞いたんですが、東京裁判の頃のことです。中央に結びつくような問題があったら、現地で始末せよという指示があったというのです」

「それは、前に話したBC戦犯のことにつながるんですか？　さっきは、問題を中央にまで持ってくるなということでしたが」

「そうです。問題はなるべく、現地で解決して、中央まで持ち込むなという合言葉があったというのです」

「それは陸軍の場合も、同じですか？」

「そうです。さっきも話したように、日本の軍隊で中央というと、大本営になります。大本営は、天皇の直属ですから、大本営に問題が起きると、天皇の責任問題になりかねない。だから、問題は、全て、現地で解決せよということになるんです」

「なるほど」

「『上を守り、下を切る』という言葉もあります。どちらも、祖父がいっていた言葉で、戦争問題で、組織をあげて、裁判対策をするということで、上を守って、下は切り捨てるということです」

「小暮元中尉は、現地ですね？」

「フィリピンや九州で小隊長として、特攻隊員を見送っていたんですから、当然『現地』でしょうね」

「そして、井口第一部長は、当然、中央になるわけですね」

「その通りです」

「上を守り、下を切るということでも、上は井口第一部長で、下は、小暮元中尉になりますね？」

「ただ、多くの海軍将校は、東京裁判では、その言葉どおり、上を守っていたと思いますよ。何しろ、海軍あって、国家なしですから」

と、小田はいった。

「わかります」

と、いったが、十津川は、別のことを考えていた。

現地であり、下でもある小暮元中尉が怒りにまかせて、中央で、上でもある井口第一部長に、喰い下っている姿だった。

小暮は、正しいことをやっているのだが、「海軍あって国家なし」という元海軍将校たちには、自分たちと共に戦わない裏切り者に見えたかも知れない。

ひょっとすると、これが、小暮元中尉が殺された理由では、ないのだろうか？

「もう一度、確認しますが――」

と、十津川は、小田に、いった。

「海軍の元将校たちは、現地主義や、上を守り下を切ることに、今でも、賛成ですか？」

「上級者ほど、そうです。現に、東京裁判では、海軍は、必死で『幻の海軍』を守っています」

と、小田は、いった。

第七章　東京の死と金沢の生

1

久我誠について、現在、十津川の知っていることは、それほど多くはない。

陸士、陸大と優秀な成績で卒業していたが戦争末期、フィリピンの防衛を命ぜられると、どうせ敗けるのだからと、防衛についての努力はせず、ゴルフと女性で時間を潰し、激怒した大本営によって、更迭された。そのため日本陸軍の中では、最悪の愚将といわれている。

海軍の小暮元中尉とは、なぜか気が合って、戦中、戦後を通じて、手紙のやりとりをしていた。

四十年以上前に、突然、何者かに殺されてしまったが、一億円以上といわれる遺産が、小暮に贈られていることが判明した。

十津川が、首をかしげるのは、久我が殺された理由だった。この時、久我は、すでに八十歳である。しかも、犯人は久我をマニラ空港で射殺している。憎しみを込めて、殺したように見えるのだ。そこが、分からないのである。

そんな十津川を訪ねてきて、同じ疑問を、口にした人間がいた。大学准教授の小田淳一だった。

「十津川さんと、太平洋戦争中の特攻について話していましたが、ここにきて、陸軍の久我元中将について、興味を感じるようになりましてね。太平洋戦争について、関係者と話をしていると、たいていの人が、久我誠を、天下の愚将のようにいうんですが、その愚将を、誰が、何のために、マニラまで追いかけて行って、射殺したのか、それがわからないのですよ。拳銃が使われているので暴力団関係者かと思ったんですが、久我誠と関係があるとも思えないんです。あと一つ考えられるのは旧軍関係者なんですが、十津川さんはどう考えているんですか？」

と、小田が、きく。

「実は、私も同じ疑問を持っているんです。久我誠は、戦争中、フィリピンの防衛任務を与えられています。殺されたのが、マニラ空港だったことを重ね合わせると、旧軍関係者が犯人ではないかと考えられるんですが、何しろ、久我誠は一番の愚将のようにいわれていますからね。動機がわからない」

「それでは、誰が真相を知っていますかね？」

「海軍の小暮元中尉とは、気持ちが通い合っていたといわれるし、死んだ久我は、手紙を小暮に送っています」

「しかし、小暮も、八月十五日に殺されてしまった。だから、小暮元中尉に聞くことも出来ません」

「手紙か――」

十津川が呟くと、小田は、肩をすくめて、

「二人の間に交わされた手紙は、十津川さんも眼を通されたんでしょう。私も、読みましたが殺された理由は、わかりませんよ」

「私は、戦争を冷ややかな目で見ていた久我誠が、戦後数十年たって急に、何かを始めたんじゃないかと考えているんです。もともと、頭の切れる軍人だったといいますし、早くから、負ける戦争とわかっていたから、関心がないようにふるまっていたのではないか。だとすれば、戦後の日本、将来の日本に対して、何かいいたいことがあったのではないか。更に、それを実行しようとした。ただ、それは、危険を伴う行動だったということだったのだと考えます」

「しかし、それを説明することは、出来ますか？」

「だから、手紙です」

「しかし、手紙は――」

「久我誠も、小暮義男も戦中派です。その上、久我は、陸幼―士官学校―陸大出身、小暮義男は、海軍兵学校卒です。こうした学校では、必ず、日記を書かせます。つまり、大事なことは文書（手紙）にする癖がついているということです。従って、久我誠が何かを決心したとすれば、手紙で、それを小暮義男に知らせたと思うのです。これまで目に触れた以外にも、手紙が存在する筈です」

「しかし、その手紙は、何処にあるんですか？」

「手紙の中に、過激なことが書いてあったとすれば、久我誠は、この手紙は、他の人には見せないようにと書いたかも知れません。だとすれば、小暮は、家族、友人知人にはわからないところに、隠した可能性があります。だから行きましょう」

「何処へですか？」

「もちろん。金沢です。小暮義男の家族に会うんです」

と、十津川が、いった。

2

電話しておいたので、金沢駅には、小暮の息子で、金沢駅の助役の小暮俊介が迎えにきてくれた。

十津川は、駅構内の喫茶ルームで、まず、用件を、俊介に話した。

「そういう手紙は、見たことはありません」

と、俊介がいった。予想された返事だった。

「小暮さんは、自分だけの私書箱を持っていませんでしたか？」

と、きくと、

「金沢駅近くに、K銀行金沢支店がありますが、父は、そこに、個人金庫を持っていて、大事なものは、そこに入れておいた筈です」

十津川は、恨めしい目で、俊介を見て、

「それは、今、どうなっていますか？」

と、きいた。

「同じ、父名義になっていて、私が毎年、使用料を払ってきました」

「どうして、そんなことを？」

「久我誠さんが、一億円を超す遺産を父に贈って下さって、父は、それを定期預金にして、証書を、個人金庫に入れていたんです。もし久我さんの親族が現われたら、すぐ、お返しするつもりだと、いっていました。それで、私も、父の遺志を継ぐ気持で、そのままにしているんです」

それを聞いたあと、十津川は、俊介と一緒に、K銀行金沢支店に向かった。

銀行では、すぐ、支店長に会い、小暮義男名義の個人金庫を開けて貰うことにした。

三人の立ち会いの形で、金属製のボックスを開けた。

すぐ定期預金の証書が見つかった。一億五千万円の証書である。

次に見つかったのは、かなり大きな紙袋だった。

封を開けて、中身を調べた。うすい写真のアルバム。そこにあった写真の殆どは、小暮が、小隊長だった、マニラと九州の特攻基地の写真である。

紙袋の下を見て、

「あった」

と、十津川は、小さく呟いた。

探していた手紙だった。

そこには、二通の手紙があり、一通は、先日、園田ミツ子が再現してくれたのと同じものだった。

銀行の閉店時間になったので、十津川と小田は、その手紙を、小暮俊介から借りて、ホテルで、ゆっくり、眼を通すことにした。

駅近くのホテルに、チェック・インし、ロビーの中のティールームで、十津川が、もう一通の手紙に、眼を通した。毛筆で認《したた》められていた。

〈拝啓

私は、呑気に余生を送るつもりでいたのですが、あなたと話し合ったり、手紙を交換している中に、少しずつ、気が変ってきたのです。私は、太平洋戦争には、最初から反対でしたが、考えてみると、陸幼、陸士、陸大と、私は、陸軍のお世話になってきたことを、考えました。その歴史は、自衛隊に引き継がれていますが、私は、正しい歴史だけを引き継いで欲しいと、思うのです。

ところが、冷静に見ていると、どうしても、悪い面を、より多く引き継いでいくような気がするのです。戦時中、『陸軍（海軍）あって国家なし』という言葉がよく聞かれました。この他にも、反省すべき点は、多々あったのです。あなたの話では海軍の将校たちが一年に一回集って、反省会を開いていると聞きました。私も、最後の生き方として、偕行（陸軍将校のOB）でも集って、反省会を開くことにしました。そして、一つの誓いを立てました。反省会では、絶対に嘘をつかない。旧陸軍を傷つけることはあっても、全て正直に話す。

例えば、現地主義だ。海軍もそうだったらしいが、占領地の多かった陸軍は、その占領地で問題を起こすことが、多かったが、その多くが中央（陸軍は参謀本部）からの命令なのだが、戦局が悪化すると、全て現地（占領地）の司令官が、勝手にやったことで、中央は関係ないということにした。こうした現地主義で、旧軍の名誉を守ろうとしたのだが、戦後数十年たっても、その嘘を守ろうとするのは、許せない。そんなことをしていたら、自衛隊に、旧軍の悪い伝統が続いてしまう。私は、この現地主義についても、事実を話すつもりでいる。従って、私は憎まれ、危険な目にあうかも知れないが、すでに老兵。さほど、惜しい人生ではなくなっている。心配なのは、あなたのことだ。私たちが戦争中から親交があり、あなたも、特攻には、疑問を感じはじめているようだ。これからの私の行動いかんで、あなたが危害を加えられる恐れもあります。そのことについては、今から、お詫びをしておきます。また、この手紙を、あなたの家族が見て、心配するかも知れないので、匿《かく》してしまうか、焼却して下さい。

今、私に賛成してくれているのは、陸士の後輩の安斉弘《あんざいひろし》です。敬具〉

これが、久我誠から、小暮義男に送られた、もう一通の手紙だった。

十津川は、手紙を小田に渡し、彼がそれを読んでいる間、コーヒーを飲みながら、考え込んだ。

小田は、読み終ると、

「最後のところに書いてある安斉弘に会ってみたいですね」

と、いった。

十津川も、すぐ賛成した。

久我誠が、手紙に書いたように、旧陸軍の将校たちを集めて、反省会を開いていたと思われるのだが、その反省会について、新聞・雑誌が、取り上げたことはない。多分、内密に開いているのだろうが、そこで、久我がどんな発言をしていたのか、十津川は知りたかった。そのためには、手紙にあった、安斉弘という陸士の後輩に会う必要があると、十津川も思った。

小田が、防衛省に電話をかけて、安斉弘元陸軍少将の消息をきくと、返ってきたのは、

「残念ですが、安斉さんは、十三年前に、八十三歳でお亡くなりになりました」

と、いう返事だった。

小田は、安斉の家族の住所を聞いて、電話を切った。

その結果、安斉弘の息子夫婦が、現在、北海道の函館に住んでいることが、わかった。名前は安斉明《あきら》、六十一歳。函館駅近くで、ラーメン店をやっているという。

十津川と、小田は、東京に戻ると、翌日、飛行機で、函館に向った。

3

函館の町は、ラーメン店が、やたらに多い。

「元陸軍少将の息子がラーメン店のオーナーというのも、時代ですかね」

と、小田が、いう。

安斉明のラーメン店は、チェーン店だった。店は混んでいて、オーナーの安斉も、忙しそうに働いているので、十津川たちは、少し早めの昼食に、ラーメンを注文して、時間をつぶすことにした。

北海道らしく、具の多いぜいたくなラーメンである。二人は、ゆっくり食べ、客が少くなるのを待った。

二人は、近くの喫茶店で待ち、安斉明が店を出て、来てくれた。

安斉明は、父親の安斉弘と、久我誠が、一緒に写っている写真を見せてくれた。

「久我さんは、時々、お見えになりました。来ると父と、この喫茶店で、何か熱心に話していました」

と、いう。

「二人で、旧陸軍の将校が集まる反省会を開いていたと思うんですが、ご存知ですか？」

と、十津川が、きいた。

「知っています。二ヶ月に一回ぐらいで、その日になると、父は、張り切って、東京に出かけていましたね」

「東京の何処で、やっていたのか知りませんか？」

「東京のホテルの、小さな個室を使っていたようですよ。父は、その会が長引くと、ホテルに一泊してから帰ってきました」

「その会の写真とか、討論を録音したものは、ありませんか？」

と、小田が、きいた。

「父の話では、カメラ担当と、録音担当は、若い将校さんが、やっていたようです。若いといっても、当然かなりのお年だと思いますが」

と、安斉明が、いった。

「その人の名前は、わかりませんか？」

「残念ながら、わかりません」

と、いう。

父親の安斉弘から、写真を見せられたり、録音テープを聞かされたこともないという。

それでも、カメラ係や、録音係がいたことが、二人を勇気づけた。

「どうします？」

と、十津川が、きくと、小田は、

「防衛省へ行って、終戦時の陸軍の将校名簿を見せて貰おうじゃありませんか。うまくいけば、問題の反省会の写真や、録音テープの係だった将校が、見つかるかも知れませんよ」

と、いった。

ここまで来たら、最後まで、やるしかないと思った。

函館でも一泊して、翌朝、飛行機で、羽田に帰った。羽田から、防衛省に向う。

防衛省には、二人が希望する書類が残っていた。

十津川たちが欲しいのは、終戦時に、若手の陸軍将校で、今も生きていて、問題の反省会に出席していた人物の名前だ。更に、彼らが、カメラや録音テープの係だったら、最高である。

二人は、名簿から、若手の陸軍将校の名前を抜きとり、住所と、電話番号を書き写してから、防衛省を出た。

あとは、根気の仕事である。

片っ端から電話を、かけていく。警察の肩書きでは、相手を警戒させてしまうと考え、この時は小田のM大学准教授を、使うことにした。

三十数人に当たってから、やっと最適な相手にぶつかった。

相手の名前は、後藤元陸軍大尉である。現在九十歳。録音係を担当していたという。

S工業株式会社の、顧問だった。

娘夫婦と、六本木の高層マンションに住んでいた。五年前に、妻が病死していた。

十津川たちは、用件を伝えてから、後藤を訪ねて行った。二人は、マンションの四十六階、二十畳の広さのある書斎で会った。

右足が悪いようだが、声もはっきりしていたし、頭の動きも、早かった。

十津川が、反省会を持ち出すと、後藤は、机の引出しから五、六枚の古い写真を取り出して、見せてくれた。

十二、三人の初老の男たちが集って、何か話し込んでいる。笑顔もあったし、明らかに腹を立てている顔もあった。

久我誠が写っているものもあった。

「この久我さんは、四十年前に、殺されています。マニラ空港で射殺されたこの事件について、何か思い当たることがあれば、話してくれませんか」

と、小田が、いった。

「残念ながら、これといったことは、思い出せません」

と、後藤は、いう。

「久我さんは、反省会では、かなり、思い切った発言をしていたと聞いたんですが――」

十津川がいったが、後藤は、

「反省会ですから、いろいろありましたが、会での話が問題になったことは、ありませんね。皆さん、大人ですから」

「会の発言を、録音していたということですが、ぜひ、お願いしておいた、録音テープを、聞かせて貰えませんか」

と、小田が、いった。

「久我誠さんが関係している会話だけですよ。個人の秘密が、絡んでくるので」

と、後藤が、いう。

「分かっています。聞かせて下さい」

十津川が、いうと、後藤は、

「それでは、慰安婦問題での発言から、お聞かせします」

「その頃にも、慰安婦問題があったんですか?」

「軍隊で、一番の問題なんです。部隊に性病が広がったら、戦えなくなりますから、指揮官の最大の悩みだったんです」

と、後藤はいいテープレコーダーのスイッチを入れた。

とたんに、久我の声が聞こえた。

「慰安婦問題は、解決は簡単ですよ。戦争しなければいいんだから。日中戦争なんか、やる必要がなかった。太平洋戦争の方は、自存自衛で説明がつくが、日中戦争の方は、どう考えたって、自存自衛じゃない。やらなくてもいい戦争だったんだ。戦争をやらなければ、兵隊が、中国大陸へ行くこともないんだから。慰安所も、慰安婦も必要なかったんだ」

「日中戦争は、必要なかったのに、八年間も続けた。その上、太平洋戦争だから、どうしたって、兵隊が足らなくなる。当然、どんどん男を召集するから、夫婦の旦那も、新婚の夫も、戦争に狩り出される。私は、女性のセックスの欲求が、どんなものか知らないが、無いわけじゃないんだ。だが、夫や恋人を兵隊にとられた女性が寂しいとか、男が欲しいといったら、たちまち非国民といって叱られるから、じっと我慢する。それだけじゃない。三菱みたいな大会社だと、召集された旦那の給料を、奥さんに払ってくれるが、農民や漁師や自由業だと、国は面倒を見ないから、働き手の夫に代って、奥さんが働かなきゃならなくなるんだ。私は、戦争中に、こんな不満を女性から聞いたことがある。『あたしは、国のためと思って、一生懸命働いて、セックスだって我慢してるのに、兵隊に行った夫の方は、慰安婦を抱いて喜んでる。まるで、国が夫の浮気を手伝ってるみたいじゃないか』とね」

「『国が夫の浮気を手伝ってる』というのは、あながち、ヤキモチとばかりは、いえないんだ。ビルマ（今のミャンマー）にも、慰安所があったが、特に高級将校のために、博多から、芸者を呼んで、首都ラングーンで芸者屋をやらせていたんだ。これなんか、浮気を助けていたと見られても仕方がないんじゃないかね」

「次は、特攻についての久我さんの発言ですが、他の人と、考え方が違っています」

と、後藤はいって、別のテープを聞かせてくれた。

「私は別に特攻に反対じゃない。私が、無性に腹が立つのは、特攻を命令した連中が、何の工夫もなく、だらだらと、特攻を続けたことなんだよ。その結果、五千人もの若者が、特攻で死んでしまった。これでは、何のための特攻か、わからない。私が特攻を担当したら、日本中から、科学者を集めて、研究させる。特攻機が敵船に体当たりする寸前、操縦席のボタンを押すと、座席ごと、飛び出して、海面に落ちる。そうすれば何パーセントか助かる可能性があるじゃないか」

「人間魚雷回天という特攻兵器があった。大型魚雷に、操縦席を取りつけたやつだ。潜水艦に積み込んで行き、敵船に近づいたら切り離し、人間が運転して、体当たりするんだが、どうして無線操縦の研究をしなかったのか。それが無性に腹が立つんだよ。

陸軍と海軍で、競争するように、特攻兵器を作っている。陸軍でいえば、特攻機剣、ベニヤ製のボートに爆薬を積んだ特攻艇、海軍の方は、桜花、回天、伏竜、震洋など、全て、乗組員は必ず死ぬ。必ず死ぬ兵器を作っていた人、考えた人間は、なぜ少しでも助かるように考えなかったのかね？」

「フィリピンの防衛をまかされた時、なぜ、そのために、全力をつくさなかったんですか？　負けるとわかっていても、全力をつくすのが、軍人じゃないんですか？」

「そう考える人もいるが、私は、別の考えだった。私は、戦争は、やらないのが一番いいが、もし始まってしまったら、一刻も早く終らせなければいけないと思っていた。日清戦争、日露戦争の時は、勝っているのに、政府は、一刻も早く止めることを考えている。それが、正しいんだよ。今度の戦争では、逆に、敗北が必至なのに、将兵が、がんばって、そのため戦争が長引いてしまった。当然、特攻が増える。私は、これは間違ってると思った。だから、防衛陣地も作らず、アメリカ軍が上陸してきたら、一週間戦い、降伏することにした。そうすれば、最小限の犠牲ですみ、和平を近寄せられると、考えたんだよ。その代り、私は、更迭され、最低の愚将といわれた」

「今度の戦争に、久我さんは、何の意義も見出せなかったんですか？　例えば、自存自衛とか、アジアの植民地からの解放とかですが」

「自存自衛は、主張としては、正しいと思うが、だからといって、戦争をする必要はなかったんだ。自存自衛のための外交だって、あるんだから」

「アジアの解放の方は、どうですか？」

「それを国是としているのなら、ドイツ、イタリアと、三国同盟を結んでは駄目だ」

「どうして、駄目なんですか？」

「アジアの解放となれば、どうしても、アジア人と、ヨーロッパ人の戦いになる。もっと、はっきりいえば、黄色人種と白人との戦いだ。ところが、ドイツは、ヒットラーのナチス国家で、白人の中でも、一番白人優位を叫ぶ国だ。ヒットラーが、同盟国の日本をバカにしていたことは、よく知られている。私の友人が戦争中、新聞社に勤めていたんだが、フィリピンや、インドネシアで日本軍が、アメリカ軍や、オランダ軍に勝利すると、『黄色人種が、白人を打ち負かした』という見出しを新聞の一面にのせようとしたが、警察に駄目だといわれたといっていた。『白人』の中に、ドイツ人も、イタリア人も入っていたからだ。とうとう最後まで、『白人負けた』とか、『白人逃走』と書けなかった。これではアジアの解放は、難しいと思ったそうだ」

「じゃあ、何処と同盟したらよかったんですか？」

「アジアの解放を唱えるなら、当然中国だろうね。ところが、その中国をバカにしていたんだから、アジアの解放は、最初から無理だったろうね」

「久我さんは、戦争中から、日本の軍隊というものについて、遠慮のない批判をされていますが、戦後の今、改めて日本軍の欠点は、どこにあったと思いますか？　なぜ、負けたと思いますか？」

「君は、また戦争をするつもりなのか？」

「とんでもない。どうしてですか？」

「二度と戦争をする気がないのなら、私は、戦争に負けた理由を聞くこともないだろうと思うからだよ」

「しかし、この反省会では、その質問が多いんです。戦争を知らない若者もそれを聞きたがります」

「なるほどね。私は、過去の戦争のことより未来の戦争の方が気になるんだ」

「どんな風にですか？」

「日本人の性格だよ。私は、日中戦争から、太平洋戦争に、突き進んだのは、日本人の性格というか国民性が原因だと考えているんだ。ベネディクトというアメリカの人類学者が、『菊と刀』で、罪の文化、恥の文化という言葉で日本人を分析している。西欧人の場合は、罪の文化として、自己を律しているので、自分の非行を誰も知らなくても、罪に悩むが、日本人は自分で自分を律するのではなく、他者の非難やあざけりを恐れて、自分を律すると書いている。

つまり、日本人は、バレなければ悪いことをしていても、平気だという。要するに、日本人は、他人の眼をやたらに気にして、行動するというのだ。日本兵が強いのも、まわりの眼に、弱虫と見られるのが、恥ずかしくて、死ぬ気で戦うからだというのだ。もう一つ、フィリピンで、千人以上の日本兵が捕虜になって、三ヶ所の収容所に収容されたが、その三ヶ所の収容所で、いつの間にか親分と子分が生まれて、暴力で、他の捕虜を支配していたというのだ。その暴力に対して、誰も反抗しなかったというのだよ。日本の軍隊では、この二つが兵士たちを縛って、戦争に向かわせたというのだ。

戦場では時々、肝試しと称して、縛られた捕虜を、銃剣で突き刺すことをやらされている。兵士は弱虫といわれるのが、怖いので、捕虜を突き刺したというのだ。野間《のま》宏《ひろし》の『真空地帯』では、古兵の新兵に対する猛烈な暴力が書かれているが、新兵は、反抗もせず、いつか、暴力を肯定するようになり、敵兵との戦いの方が、古兵の暴力に比べれば、怖くないと考えるようになる。これが、日本兵の強さの理由だともいわれている」

「今も、日本人の、この性格は、直っていないというわけですか？」

「残念ながら、直っていないね。自衛隊でも、上官のいじめと暴力に堪えかねて、自衛官が自殺した事件があった。高校、大学の運動部では、なかなか『愛の暴力』がなくならないようだし、日本人は今も、恥ずかしさで、行動するし、暴力を肯定すると思うから、将来は、楽観できないね」

4

久我の声が入っているテープは、それで、終りだった。

二人は、すっきりしない顔を、見合わせた。

「確かに、テープのおかげで、わかったこともありますが、これでは、まだ久我誠が殺された理由は、わかりませんね」

と、小田が、いう。

「第一、これでは、久我が、誰と話しているのかわかりませんね」

と、十津川も、いった。

「これで、全部ですか？」

小田が、後藤に、きいた。

「久我誠さんの声が入っているのは、それで全部です」

「これは、久我さんの部分だけを集めて新しく作ったテープですね？」

「そうです。そちらが久我さんの発言を聞きたいといわれたので、急いで、編集したんです」

「久我さんが誰と話しているのか、これでは、わかりませんね」

「反省会に出ている人の中には、自分の発言は、公にされては困るという人もいるんです。そのテープで、久我さんの相手をしている人の中にもおられるので、テープから、削ったんです」

と、後藤は、いう。

「実際に問題が起きたことがあるんですか？」

「あります。反省会では、原則として、全て、正直に話すことに決めているのです。それで戦争中、中国で戦っていた元陸軍少尉が、同僚に向って、中国人の娘を強姦したことを話してしまいましてね。その同僚は、つい、うっかり、少尉の奥さんに、そのことを、話してしまって、奥さんは、入院してしまいました」

「なるほど」

「それで、本人の許可なしに、他人に、テープを聞かせないことにしているのです。久我誠さんの場合は、すでに亡くなられていますし、久我さんのご遺族も、公にしても構わないということなので、久我さんの部分だけを集めてテープに入れて、お聞かせしたのです」

「久我さんは、どうも皮肉屋のようですね」

十津川は、後藤の顔色を窺った。

久我のテープは、なかなか面白かったが、まだ、いぜんとして、久我が殺された理由が、わかるところまで、いかないのである。

（ひょっとすると、他にも、久我の発言を録音したテープが、あるのではないか）

と、十津川は、疑っていたのである。それが、あったとしても、後藤の様子では、簡単には聞かせてくれないだろう。

小田も、同じことを考えたらしく、ポケットから、一冊の本を取り出して、後藤に見せた。

「これは、海軍将校たちの反省会を、本にしたものです。もし、出版社が、陸軍側の反省会も、本にしたいと、いってきたら、どうしますか？」

と、小田が、きいた。

「そうした話はまだ来ていません」

後藤が、そっけなくいう。

「私は、大学で、戦前、戦後を、現代史として教えているんですが、この陸軍の反省会は、本にして、人々に読んで貰うべきものですよ。私は、友人が出版社にいるので、話をすれば、必ず、出版されるし、ベストセラーになりますよ。それに、平和な時代だからこそ、出版すべきだと思うのです。どうですか、後藤さんが持っているテープを、私に渡してくれませんか？」

「しかし、全員の許可を得ないと――」

「皆さん、ご高齢でしょう。早く本にして、皆さんに配れば、いい思い出になるんじゃありませんか。豪華本にも出来ますから、皆さんが存命のうちに、本にすべきですよ」

と、小田が粘る。それに十津川も、合わせて、後藤を口説いた。

「反省会に出席された皆さんは、日本陸軍の将校で、日中戦争から太平洋戦争を、体験された勇士ですよ。その言葉を、次の代に残すのは、皆さんの義務だと思いますよ。豪華本にして、写真も添えればそのまま、皆さんの歴史になるじゃありませんか」

二人に攻められて、後藤は少しずつ、顔がゆるんできた。

「全員の歴史か――」

「そうです。皆さん、大変な歴史を生きて来たんです。その歴史を形にして残すのは、義務じゃありませんか」

「うーん」

と、後藤が、唸る。

「その箱に、テープが全部、入っているんですね？」

と、十津川が、手を伸ばした。

「すぐ、出版の話になりますよ」

小田がいい、二人は、箱を抱えて、部屋を飛び出した。

背後で後藤が何かいったが、構わずにエレベーターに飛びのった。

マンションを出ると、すぐ、タクシーを止めて、乗った。

(何とか逃げられたな)

と、十津川は、小さく息を吐いた。

5

小田のマンションが近いというので、そちらに向かい、テープを聞くことにした。

とにかく、箱に入っていたテープを、全部聞くことにした。

すると、もう一本、久我誠の声の入ったテープが、あるのがわかった。

「今日の反省会に、珍しく、参謀本部の参謀課長の根本さんが来て下さったので、どうしても確認したいことがあるので、私に最初に質問させて頂きたい。私が防衛司令官としてマニラにいた時、フィリピンのS島では第N師団(師団長　植田少将)が、現地のフィリピン人も使って、空港の建設を始めたのです。

私は、空港の建設には反対でした。どうせアメリカ軍に奪われて使用されてしまうからです。それで、私を飛び越して、植田師団長に命令してきたのです。根本参謀課長、あなたの命令だったのですよ。あなたは前々から比島決戦を叫んでおられたから、そのためにも、S島には、飛行場が必要だと考えておられた。飛行場は完成したが、問題は建設作業に使ったS島の村人の扱いだったのです。あなたは、島民から、日本軍の情報が、アメリカ軍に知られてしまうのを恐れて島民百二十人を殺せと植田師団長に命令した。司令官の私を飛び越して、中央が命令したのは、私がもともと、飛行場の建設に反対だったからだと思う。植田師団長は、中央からの命令に逆らわず実行し村人百二十人が殺されました。

戦後、この殺人が連合国にわかって、植田師団長は、戦犯として逮捕され裁判にかけられました。植田師団長は、全て中央（参謀本部）からの命令であり、具体的にいえば、根本参謀課長の命令だったと主張したのです。それに対して、根本さんは、飛行場の建設も、村人殺しも、全て現地の植田師団長が、勝手にやったことで、参謀本部は無関係だと反論したのです。典型的な現地主義で、全て、現地に押しつけたわけですよ。こうなると、中央を守り、現地の責任にするというのが、当時の陸軍の方針でしたが、植田師団長はそれに反発して、参謀本部の命令書を取り出して、『ここにあなたの判が押されている』と、弁護したのですが、裁判では、この命令書はニセモノだと、参謀本部が否定してしまったのです。元参謀本部の六人が動員されて、あなたを守ったのですよ。そのため、植田師団長は有罪判決で、処刑されました」

「そんな昔の話を、むし返すのは時間のムダだ。止めようじゃないか」

「いや。今日は、とことん、この事件について、あなたと話し合いたいんだ。事件の時、私は、マニラの司令部にいた。中央は、私を無能扱いにしたが、中央の参謀本部と、現地をつなぐ、電文、書類、電話などは、全て、司令部を中継するのですよ。だから、S島の飛行場建設命令や、村人の処分の命令書も、全て、マニラの司令部を通っているんですよ。だから、私は全てコピーして、おいたのです。法廷に呼ばれたら、証拠書類を持って、出廷し、植田師団長を弁護しようと、思っていたのに、なぜか呼ばれませんでした。それだけでなく、裁判所に、証人として出廷したいと、何回か、請願書を出したのですが、なぜか、全て、拒否されました。多分、あなたが私の無能を言い立てて、私を呼ばないように、裁判所に働きかけたのでしょうね。しかし、今日は、あなたにも、あの事件について、正直に話して貰いますよ」

「こんな茶番につき合っていられないから、帰る」

「あなたが逃げても、私は、全てを話しますよ」

十津川は、小田と顔を見合せた。

「これで久我誠殺しの犯人が見つかったんじゃありませんか」

だ。


と、小田が、いった。

「少しずつ、ストーリーが出来てきましたよ」

と、十津川も、肯いた。

レイテ決戦の直前、フィリピンのS島で住民虐殺という事件が起きたのだ。

命令したのは、参謀本部で、命令者は根本参謀課長だった。

全て、現地の司令官や師団長の責任ということにして、中央を守ることに決めたのだ。

十津川と小田は、六本木の超高層マンションに舞い戻った。

後藤は、二人が戻ったことに驚いていた。

十津川は、テープの入った箱を相手に返してから、今度は、相手に圧力をかけようと、警察手帳を使うことにした。

「あなたが隠したテープで全てがわかりました。マニラの法廷で、植田師団長が処刑された。その話を詳しく聞かせて下さい。根本参謀課長と、久我誠のこともです」

「事件は昭和十八年に、フィリピンのS島で起きました。陸軍のスタッフがよく知っているいまわしい事件です。戦後、現地で裁判が開かれ師団長が処刑されたのです」

「しかし、真犯人は、他にいた？」

「そうです。将校たちの反省会で、久我さんが、たまたま出席していた根本参謀課長を徹底的に、断罪したんです」

「そのあと、久我さんは、マニラ空港で射殺されましたね。犯人は軍令部の根本参謀課長ですか？」

「可能性は、高いと思います」

「証拠はあるんですか？」

「その直前、久我さんが私にいったことがあるんです。植田師団長は、マニラの軍事法廷で裁かれ処刑されました。今度、根本さんを連れてマニラに行ってくる。マニラで、根本さんには、植田さんの霊に謝罪して貰うといっていたんです」

「それでどうなったんですか？」

「根本さんが姿を消して、久我さんはマニラに行き、空港で射殺されてしまったんですが、根本さんについて調べてみると、その前日に、マニラに飛んでいるんです。根本さんは、前日、マニラに行き、向こうで拳銃を手に入れマニラ空港で、旅客機からおりてくる久我さんを、射殺したに違いありません」

「その後、根本さんは、どうしていたんですか？」

「江東区内の雑居ビルの屋上から、飛び降り自殺をしています。遺書はありませんが、自殺であることは間違いありません」

6

十津川にとって残る問題は、八月十五日に、殺された小暮元中尉のことだった。

最初十津川は、小暮義男を殺したのも、根本に近い人物だろうと、考えていた。小暮が、久我誠を尊敬していると思ったからだ。それなら、当然同じ敵を作っていたと考えるからだった。

しかし、小暮の殺され方は、久我と比べると、その方法だけではなく、時期も、大きく違っている。

小暮は、八月十五日に殺された。

それに、小暮は、東京に住む以前には、毎年八月十五日には金沢から、一人で東京に出かけていたと、彼の家族はいう。

そうだとすると、小暮は、毎年八月十五日になると、犯人に会うために、東京に出かけていたに違いないと、十津川は、想像した。

それを、十津川は、小田に話してみた。

「しかし、小暮元中尉が、なぜ、そんなことをしていたと、十津川さんは思うんですか？」

「戦争中、小暮義男は、特攻に送り出した部下たちを、殺してしまったことへのつぐないをしようと思っていたんだと思います。毎年八月十五日になると、彼らの家族、父親か、兄弟か、甥《おい》か姪《めい》かわかりませんが、会いに出かけていたんだと思います。謝罪のためにです」

「それは、いつからだと思います？」

「多分、終戦の翌年、昭和二十一年八月十五日からだと思います」

「そして、今年の八月十五日に殺されたわけですから、六十九年間、犯人は、殺さなかったことになります。それがどうして、突然殺したんでしょうか？」

「私も、それを知りたいんですが、犯人について、考えていることがあります」

「どんなことですか？」

「小暮の部屋には、篠原恵一という兵曹長の写真が飾ってありました。小暮は、理由は分かりませんが、篠原という若者に、強い罪悪感を持っていたのかも知れません」

「というと、篠原の家族が、関係してると？」

「小暮が、会っていたのが、死んだ篠原恵一元兵曹長の父親だとします。彼は、若いパイロットを死に追いやる特攻に反対だった。一方、小暮は、小隊長で、特攻に出撃する若いパイロットを見送る方だった。しかし、篠原の父親と同じように、特攻に疑問を持つようになっていた。特に、本当に特攻を始めたのは、誰なのか知りたいと、思っていた。海軍軍令部の第一部長の井口だと、狙いをつけたが、相手は、関係ない、知らなかったといって逃げる。小暮は、何とかして、井口に、特攻の発案者だと認めさせようと考えていた」

「その方法について、小暮は、妙なことをいっていたそうですね。『担保』とか『弱みも武器』とか」

「そうです」

「どんな意味だったんでしょうか?」

「特攻で、もう一つの問題は、命令し、見送る側の基地司令や飛行隊長が、出撃する若者に向って、『必ず、私も君たちの後に続くよ』と声をかけておきながら、戦争が終ると、自決もせず、さっさと故郷へ帰ってしまったことだといわれます。小暮は、戦後、自決もせず生きてきました。特攻作戦の責任者の井口も、特攻には関係ない、責任もないと主張しているので、特攻についていえば、二人とも悪者です。同じ悪者なんだから、本音を話してくれてもいいでしょうと、小暮が、井口に迫ったということも、考えられますね」

「篠原恵一の父親は、それに、どう関係してくるんですか?」

「これは、私の勝手な想像ですが、篠原の父も特攻に反対だったから、特攻の本当の発案者、責任者を知りたいと思っていた。息子を殺した小暮は、同じく特攻の真相を調べていたから、それが見つけられるまで、殺さずにいようと、決めたのではないかと、想像したんですがね」

「つまり、毎年八月十五日に、篠原恵一の父親は、小暮と東京で会う度に、特攻の本当の責任者はわかったかきいていた。小暮が残念ながら、まだわからないと答えると、小暮を殺さずに別れていた。それが、六十九年も続いたわけですか？」

「続いたと思うのです。その間に父親は亡くなったが、誰かがその遺志を受け継いでいた」

と、十津川は、いった。

「そして、今年の八月十五日に、東京で、二人は会った。小暮は、相手に対して、今までに調べたこと、分かったことを全て話した。しかし、特攻の責任者の証拠を示すことが出来ず、とうとう戦後七十年が迫り、相手が小暮を殺した――」

と、小田は、いってから、

「違いますね。これでは、話がすっきり終らない」

と、訂正した。

十津川が、肯いて、

「私も、それでは、エンドマークが出ないと思いますね」

「どうしたらいいですかね？」

「もう一度、金沢に行きましょう」

　と、十津川は、いった。

7

　二人は、再び、金沢に向い、小暮俊介に会った。

「小暮元中尉は、東京で殺されました。その前後に、何があったのか、ぜひ、話して頂きたいのですよ」

　と、十津川は、俊介に、いった。

「そうですね」

　と、俊介は考えながら、いう。

「もう、全てを話してください。私に、小暮さんと井口さんが話しているテープを送ってきたのも、隠し事が、辛くなってきたからじゃないですか？　小暮さんに、一体何が起きたのですか？」

「実は、八月十四日に、電話で、『私は殺されるかも知れないが、私の方にそれだけの非があるのだ。だから警察に聞かれても何も喋るな。これはおまえに対する、最初で最後の頼みだ』といわれました」

「それで、今まで、話してくれなかったのですね」

「本当に、申し訳ございませんでした。頑固者だった父の、本当に強い意志を感じたものですから……」

「犯人から、何か連絡は、ありましたか？」

「先日、犯人と思われる人から小荷物が届きました」

「それは、篠原という人からじゃありませんか？」

「そうです。篠原秀雄《ひでお》という人です。小荷物のあと、ご本人が見えました」

「その人とは、どんな話をしたんですか？」

「その前に、小荷物の中身をお見せしますよ」

と、いって小暮俊介が、見せてくれたのは、小暮元中尉と、二十歳の篠原恵一が、二人で写したあの写真だった。額に入っていた。

「同じ写真が、小暮さんの部屋にもありましたね？」

「亡くなった父が、大事にしていた写真と同じです」

「この写真だけを送ってきたんですか？」

「あと、十津川さん宛に出した、テープが入ってました。仏壇に残されていたのではなく、篠原秀雄さんから送られてきたんです。それから私は、小荷物にあった住所に、手紙を書きました。そうしたら、会いに来られたのが、四十代の男性でした」

「それが、篠原秀雄さん？」

「そうです。彼は、篠原恵一さんの弟の息子でした」

「それで、どんな話を？」

「彼は、篠原恵一さんの話をしてくれました。戦争の時、予科練を卒業したが、二十歳の時、特攻に指名された。だが、乗る航空機が見つからなくて、いらいらしていたら、小隊長の小暮中尉に、射殺されてしまった」

「射殺？」

「はい、篠原さんは特攻で亡くなったのではなく、誤射といえ、父に殺されたのです。父は、篠原恵一さんのお父様に、そう告げたそうです。彼の父親は、戦争が終り事実を知ってから、私の父を、憎み続けた。父は、自分が殺したのだから、殺されるのは仕方がないが、特攻の真の責任者を見つけ出すまで待って欲しい。絶対に逃げないと、約束して、その証拠に毎年八月十五日に、東京に行って、篠原恵一の父親に会うことにしていたそうです。私は、八月十五日に、東京に行くのは知っていましたが、靖国神社に参拝しているのだろうと思っていました。父は、そういっていましたから」

「そして、あなたのお父さんは死んだ。いや殺されたんですね？」

「そうです。最初の頃は、篠原恵一さんの父親が、会っていたそうですが、途中で病死し、恵一さんの弟さん、つまり、私に会いに来た篠原秀雄さんのお父さんに、代っていたようです」

「七十年近くも、一年に一回、会い続けていたわけですよね？」

「そういうことになりますね」

「しかし、七十年経とうとする八月十五日に、殺せるものですかね？」

「私には、父の気持も、相手の気持もわかりません。篠原秀雄という男がやってきて、自分の父が、小暮さんを殺しましたと、いったんです。ただ、父は自分から、もう殺してくれと、言ったような気がするのです」

「その犯人、篠原秀雄さんの父親は、今、どうしているんですか？」

「父を殺したあと、ビルの屋上から、飛び降り自殺をしたそうです」

「それを、確認したんですか？」

「いや」

「どうしてです？」

小田が、きくと、小暮俊介は、笑った。

「調べても仕方ないでしょう」

「篠原秀雄がウソをついて、生きているかも知れない。そのことは、考えなかったんですか？」

「思い出したのですが、父は、一度だけ、自分は、死ななくてもいい若者を一人余計に殺してしまったと、口にしたことがあるんです。だから、自分を殺した犯人でも、生きていてくれたら、嬉しいのだろうと、思っていますから」

と、小暮俊介は、いった。

十津川は、最後に、もう一つきいた。

「亡くなったお父さんは、なぜ、自分の方から殺されるために、わざわざ東京に行っていたんですか？」

「父は、時々、こんなことをいっていました。特攻基地には、日本中から、若いパイロットが集っていた。だから誰もが、故郷《くに》のためといった小さなことを考えず、日本のためという、大きな目標を考えていた。それなのに、戦争が終ると、その目標を忘れ、たちまちバラバラになって、東京に行ってしまった。それがやたらに悲しかったといっていましたね。だから国鉄に入り、金沢から東京までの時間を早くし、彼らと話したいと思った。そんな気持だったから、自分が殺されるとわかっている時でも、自分の方から東京に出かけたり、住んだのだと思いますね」

と、小暮俊介が、いった。

「それなら、私も、北陸新幹線が開通したら、この金沢から、東京まで乗ってみますよ」

と、十津川は、いった。

本書は二〇一七年十一月、中公文庫より刊行されました。

本作品はフィクションです。実在のいかなる組織、個人とも、一切関わりのないことを付記します。（編集部）

東京《とうきよう》－金沢《かなざわ》 69年目《ねんめ》の殺人《さつじん》

西村京太郎《にしむらきようたろう》

令和4年 5月25日 初版発行

発行者●堀内大示

発行●株式会社KADOKAWA
〒102-8177 東京都千代田区富士見2-13-3
電話 0570-002-301（ナビダイヤル）

角川文庫 23181

印刷所●株式会社暁印刷
製本所●本間製本株式会社

表紙画●和田三造

●お問い合わせ
https://www.kadokawa.co.jp/（「お問い合わせ」へお進みください）
※内容によっては、お答えできない場合があります。
※サポートは日本国内のみとさせていただきます。
※Japanese text only

ISBN 978-4-04-112445-1 C0193

◇◇◇